耕雨播月

王舒漫 ◎ 著

王舒漫散文诗集

不要专注于对身
外之物的过于追求，而应
有勇气揉碎自己，将灵魂深处死角
的霉味放在阳光下晒一晒，追求真理和智
慧，修行真性情，强调文学上的探索与精神捕获遥。

中国文联出版社
http://www.clapnet.cn

书在版编目(CIP)数据

耕云播月 / 王舒漫著 . – 北京：中国文联出版社,2014.12

ISBN 978-7-5059-9507-9

Ⅰ. ①耕… Ⅱ.①王… Ⅲ.①诗集 – 中国 – 当代

Ⅳ. ①I227

中国版本图书馆 CIP 数据核字(2014)第 309876 号

耕云播月

作　　者：王舒漫

出 版 人：朱　庆

终 审 人：奚耀华　　　　　　　复 审 人：樊东屏

责任编辑：姚莲瑞　　　　　　　责任校对：苏　浩

装帧设计：鸿儒瑞德　　　　　　责任印制：周　欣

出版发行：中国文联出版社

地　　址：北京市朝阳区农展馆南里 10 号,100125

电　　话：010-65389147 (咨询) 65067803 (发行) 65389150 (邮购)

传　　真：010-65933115 (总编室), 010-65033859 (发行部)

网　　址：http://www.clapnet.cn

E – mail：clap@clapnet.cn　　　　yaolr@clapnet.cn

印　　刷：北京墨阁印刷有限公司

装　　订：北京墨阁印刷有限公司

法律顾问：北京市天驰洪范律师事务所徐波律师

本书如有破损、缺页、装订错误，请与本社联系调换

开　　本：700×1000　　　　　　1/16

字　　数：140 千字　　　　　　　印　张：12.625

版　　次：2014 年 12 月第 1 版　　印　次：2014 年 12 月第 1 次印刷

书　　号：ISBN 978-7-5059-9507-9

定　　价：38.00 元

作者近照

暨中国散文峰会华

作者荣获:2012 年度中国散文华表奖
在北京中国文学馆领奖台上

序

韩石山

在我的电脑显示屏上，好长时间，一直放着一幅我与老伴背靠背，屈膝坐在草地上，同时扭头看着什么的照片。老伴手里还握着一个时髦的麦秸编织的草帽。我呢，满脸的喜庆，笑纹荡平了往日的折皱。

照片上只能看到照下的，看不见正在照着的。

正在照着的，是王舒漫女史。先让我们摆了多个"POS"，最终选定这个最优雅，最"COLOR"（克勒）的。我们扭着瞅的正是她，她正举着相机，前后移动步子，在选一个最佳的角度。随即卡嚓一声，便成了这幅图像。

我们拍照的那片草地，是太原著名的森林公园的一隅。老伴手里握着的那个草帽，只能视为道具，原本是舒漫自己的。

这是去年夏天的事。后来她还要来一次。那是此后不久，我病了，她又远迢迢地来看望。有这样的交情，舒漫不光是我夫妇俩的朋友，也是我们一家人的朋友，女儿女婿不用说了，连小外孙也时不时的来一句，"舒漫阿姨来咱们家的时候如何如何"。

交往多了，也就知道了她的身世。生于上海，长于南京，求学于广州，执教于一座海滨小城。这样多地域的生活，多方位的阅历，铸就了她旷达、高雅而又纯真的品格。

最让人敬佩的是，几乎是天性使然，她一直挚爱着艺术，挚爱着

读书与写作。写诗,写散文,写散文诗,几乎到了疯魔的程度。可以说,一天不写作,这一天就不能算是到了天黑。先前曾出版过一本散文,随笔《心岸》一本散文集,名曰《翰墨空谷》,为多人合集,此番要出版的,是两本个人专集,一为散文集,一为散文诗集。散文集名为《时光方程式》,散文诗集名为《耕云播月》。舒漫说,想让我为后者写一小序,我当即言道,老夫何幸,享此荣宠。

这些日子,闲下来就翻阅《耕云播月》的打印稿。

读着这一行行优美的,抒情意味极浓的文字,我有一个奇特的感觉,就是我们的作者,似乎是大海的女儿,一是她的神态是那样的优雅,又带着浅浅的忧伤,正是旧戏《柳毅传书》里龙女的形象,再就是,集子里,写大海的篇章太多了,不能不让我作如是想。当然,更多的时候,我们的作者,更像一个赤着脚,扎撒着手,奔跑在海滩上,捡拾着蚌壳的女孩。

品读书稿,我还发现,我们的作者,似乎有种炼字的癖好。她的笔下,句子是那样的灵动,那样的酣畅,而一到用词上,却是那样的凝炼,那样的讲究。就像传说中的那位太上老君一样,坐在炼丹炉前,轻轻地扇着火,慢慢地炼着炉里的一个又一个字,不尽善尽美,绝不罢休。

有这样的心性,有这样的文字,这本集子的出版,定然会给喜欢作者文章的朋友,带来不小的惊喜,还会有更多的朋友,因了这本书,而结识我们的作家。

是为序。

2013 年 9 月 6 日于潺湲室

韩石山:著名作家,中共清徐县委副书记,《黄河》杂志副主编,现任山西省作家协会副主席、《山西文学》主编。以小说成名后,有写散文、文学评论,有"文坛刀客"美称。近年来潜心于现代文学研究,长期从事小说、散文、文学批评等门类的写作及现代文学研究。现为文学著作权协会主要成员。

耕云播月

GENGYUNBOYUE CONTENTS 目录

目录

第二辑:地籁篇

GENG YUN BO YUE

耕雲播月

名家名篇

第三辑：人籁篇

目录

耕雲播月

GENG YUN BO YUE

名家名篇

第四辑:植物篇

第五辑：

耕雨播月

GENG YUN BO YUE

——名家名篇

第一辑：天籁篇

——超万象之外，心与物游

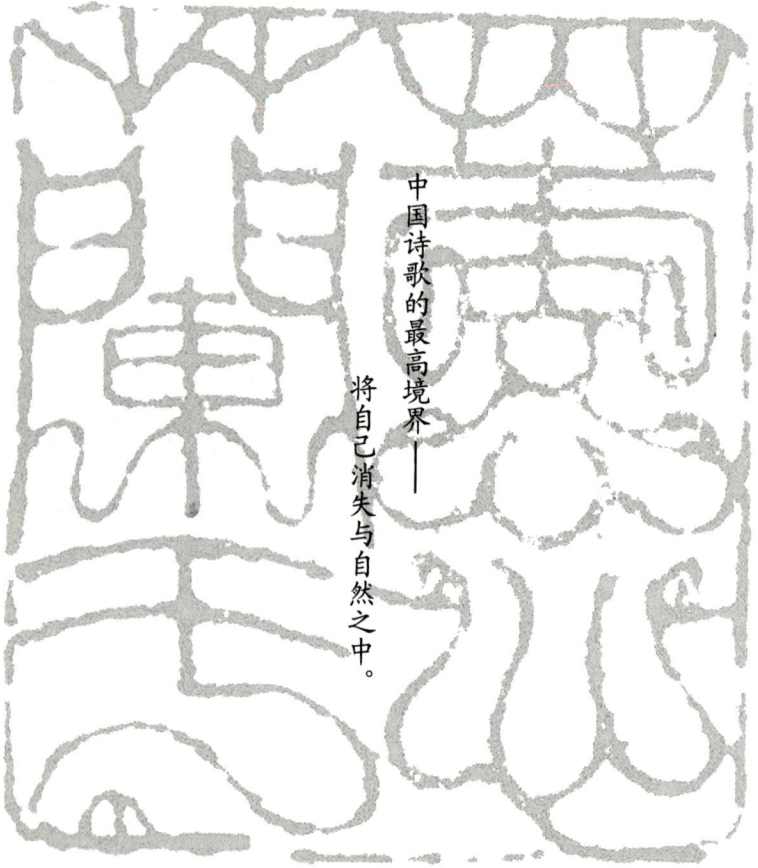

中国诗歌的最高境界——

将自己消失与自然之中。

有一种万象叫苍茫

——我是一枚奇石

那是一个用各种碎石铺满的世界，所有的石子都是一个思念的符号，所有的符号都是人生的线条。

沿着洞口往里深探，每一条路径都夹着几片碧绿的水草。我洞见石林深处透着一星紫光，顺着光亮所指的方向，可以看到有燕子的巢，有枯死的沉木，有风干的蝶影拓在石壁间。那影呈飞翔状态，像是一枚尘封在石洞里的化石，仿佛沉睡了八万年。而彼时的我，也像刚刚苏醒的昆虫伏在草叶上。

于是，我抖开朦胧的双眼，好奇地打量着四周，

然而，四周一片沉寂。只见细碎的月光隐没在水里，空气中布满了水滴。我在想，那水滴是我前世的泪么？

站在亘古的石柱前，苍穹之上，尽管我叫不出那些石头的名字，但我看见每一条石纹舒展的眉宇都和我相融。

那一刻，我将忧伤的心安抚到静穆。我打量它们的参差与和谐，宁静而跳跃的精神与形态。我惦着脚尖，蘸着流淌水滴，记录它们历史的进程，记录我的进程，你的进程；记录昆虫生长的进程，石蝶的进程，记录生命分化的进程。以及宇宙的进程。

霎时,我感到有一种大音渐远,有一种力量聚合,有一种万象苍茫,有一种切入灵魂的庄重在升腾。我不转身,我不逃遁。我开始寻找,寻找一剪光芒,寻找被时光浓缩的那些碎石,寻找与你邂逅,与石林邂逅被引领的美丽。寻找生命永恒的瞬间。

倘若,一块氟石被另一块氟石相间重叠,倘若,它们是散落在人世间的紫薇,倘若,它们是溶于湖中孔雀鱼,倘若,那石蝶是天体的精魂幻化而成,倘若,那只是一个象征。

此刻,我必须巧妙地延伸自己的记忆,踩着波光,背向洞口,在对接你深妙目光的那一秒,向通往石海的边缘沦陷,然后无悔地奔去。

写在惊世的 2012 玛雅预言之前

在时光的魔河面前，切莫蔑视人类的文明，你，必须敬畏。

当地球穿过第四个太阳纪，即将迈入第五个太阳纪的阶梯。一场惊心动魄"宗德里里克"毁灭的剧情，能否如期上演？黑洞永远沉默。

难道地球真的就要毁灭？辉煌的太阳，真的要在一夜之间黯然失色？

面对玛雅人的预言，我忧伤极度。太多，太多的疑惑，和惊天地浑的惊悸在我交感神经中骤然碾过。

地球啊，你与火星相处融洽，你曾享有一段多么富饶的黄金时代，你的美丽是全人类的骄傲

啊，地球！你生物链的毁坏，让人触目惊心；珠峰遍地狼籍，毒气，毒物弥漫，良知泯灭；就连湿地亦逃不过悲剧的命运。

或许，你已经到了荒唐的极限. 或许，贪婪与私欲，在人间已投下了群魔乱舞的倒影。

玛雅人的推测与《推背图》，难道还没推醒你的灵魂，你的心智和眼翳，还没扯剥你伪善的外衣。

谁来拯救人类，拿什么来拯救？是一张诺亚方舟的旧船票吗？

倘若，从昏睡到复苏，人类的生存，是要以毁灭自己为代价的

话，那么，尽管毁灭吧！倘若，人类不能依遁日月的轨迹，那么，就让幻想去镌刻历史吧！

倘若，宇宙的智慧无法描述人类存在的痕迹。人类啊，你还要违拗大自然和谐的品质吗？

我仁慈的日月啊，此刻，你像一个风烛的老人，等待地球人的觉醒，深思和忏悔。

夜，黑暗而静穆，正如，我的心被焦虑而疼痛地撕裂。每一滴鲜红的血液渗入莽莽的雪地。于是，我跪倒在风雪之中，双手合十，祈愿，祈愿所有生命合一。泪流满面的谛听，谛听，一个心声与另一个声音的自白。

我仁慈的人类啊，够拯救你的，唯有自己！人是唯一能够追问和领悟自己在地球上的存在。

我仁慈的人类啊，唯有你，亦包括我的心灵，才是克服异化唯一的药方。

注：

1·《推背图》是中国预言中最为著名的奇书之一；第四个太阳纪是宗德里里克 Tzontlilic，也是火雨的肆虐下引发大地覆灭亡。

2·玛雅预言地球将在第五太阳纪迎向完全灭亡的结局。当第五太阳纪结束时，必定会发生太阳消失，地球开始摇晃的大剧变。

3·根据预言所说，太阳纪只有五个循环，一但太阳经历过 5 次死亡，地球就要毁灭，而第五太阳纪始于纪元 3113 年，历经玛雅大周期 5125 年后，迎向最终。而已现今西历对照这个终结日子，就在西元 2012 年 12 月 22 日前后。

写在前面

"有约不来过夜半，闲敲棋子落灯花。"

与三峡刘星结识于新浪网，平时交流不多，更重要的是，缘于围棋。刘星对围棋的爱，笔者认为已经超越于楸枰之上的狂热。他像一条鱼在三峡湍急流水之中，在围棋的世界里游曳，而他的世界，他跳跃的思维方式，归潜和飞扬，围棋无处不在，且已经达到痴迷的状态。三峡刘星将围棋的精神发扬的淋漓尽致，将楸枰的情怀，围棋的精神入心，入味，入情。我想象，或许，他的每一个细胞里都充盈着围棋的味道。记得有次他写了首围棋的歌词发给我欣赏，并希望我为歌词配曲，(作曲，笔者只是一只菜鸟)但他态度十分诚恳，绝对真诚地表达了他对围棋的挚爱，令我很是感动。于是，我与他第一次合作的围棋歌曲"那是天元"就这样奇妙地诞生了。这就是三峡刘星，一个对围棋的执着与忘我的人，有一种诗性和创造力。我曾经戏谑地称他是网络"围棋鬼才"。

星位一挂关或飞，三峡刘星，三峡山，与水为伴棋为魂，为友，为石，为情，为品。一气清通，脱然高蹈，不染一尘，天作棋盘星做子，谁上妙境。

醒眼观黑白世界
——围棋，东方智力的魔方

全部的斑斓俱已褪尽，你散落在宇宙，人间，还原于这黑与白的世界。

黑与白这是两个透明的词根，源于鸿蒙，唤醒于鸿蒙。

围棋，你这东方智力的魔方。迷醉了多少棋手？你就这样驮着深境，延伸于国粹，还原于国粹，延伸于思想，唤醒于思想，延伸于古典，唤醒于古典，这便是精髓，这便是文化的力量！棋和围棋之间，用神手推动于智慧；黑白与黑白之间，用摇篮推动于世界。史前的厚重谁在承载？拿什么来积淀？拿什么来洞悉万象？从老子的"道"中走来，化"无为"与"有为"。以弈"、"碁"、"手谈"，然于胸之奇妙，化万物自虚无，也走向虚无；以"三百六十一道，仿周天之度数。"反厚棋之若。从庄周逍遥游之中神游圆的境界。

每一粒小小的黑白棋子，藏着博大，禅定，藏着韵的混融，气的氤氲质感，引诱一枚炽热的心，沉潜于大宇宙，飞行于大世界。

你用眼瞳皆空在"尖"上舞蹈，用心怀摆脱人类和枰上的沉郁。如此厚味令人惊叹！一局双虎对局化险为夷，两次腾挪使自己的有了生根之地的活气，亦描摹了人生百态与智慧。

围棋与《易经》有许多相通之处，无极生太极，太极生两仪，一阴一阳，黑夜与白昼，相互对立，相互对应，又彼此相生同气。被恩泽的不止是大地，还有日月，风和四季。人的一生岂不如此？生命源于淬火中微微呐喊，锻造，或在黑白之中沉浮，或轨迹在时光胶片中划痕。灵魂在黑白之间或落幕，或飞翔，或重生。也许，每一个棋盘的空，都是棋子和棋盘的另一个魂灵在手谈，在通幽，坐照，在黑与白的世间葳蕤纵横。

为感谢好友：三峡刘星赠孤本《楸枰上的智慧之花》而作

注：品指围棋比赛后分的等级。我国古代分为九等，称为"九品"。从一到九的名称是：入神、坐照、具体、通幽、用智、小巧、斗力、若愚、守拙。分为"段"。

为大美而死

——昙花　对话于大哲老庄

深知你是天地之大美，我称你是一个不可超越的标杆！我曾祈求过缪斯，赐予我秀质，赐予我力量。于是，我孤身面壁多年，想要洗净世间的尘埃，如此，可以宁寂而乘风归去。可我情缘未尽，但慧根还在，凄美的柔唇只能在黑暗的子夜，留下一抹微微颤动的微光。

我没有同类绝伦的明艳，没有绝尘的芳华，亦没有大鹏的翅翼。我混沌，我羞愧，我双耳失聪，但从不敢迷失自己的眼眸，唯有月下静默与恬淡。然而，你的寥廓，你的仙乡，瞬间将我的静美羽化，灰飞烟灭。

哦，我的大哲老庄哦，你是宇宙万物的本源，你是天籁的意象。昙花，在花瓣绽放那一秒，便意味在绚烂之时死亡。在最美妙的夜晚，我的生命刹那便玉损消香。

哦，别哭，我的大哲老庄，别哭，我最爱的人，你的"道法自然"对抗一切黯然的黑暗。我情愿将一己生命融入你的"道"，你的自然，你的万象；融入宇宙的无极，融入你旷世"逍遥游"之中。我情愿呼吸你无与伦比的凄凉，我情愿低眉俯视，"天地与我并生"。我

情愿与你在永生的世界里对话。

　　凝定吧，让风，吻去我睫毛上方凝结的喜悦与哀伤，轻吻你散在泥土中温软的气息。在大美的境界之上，在精神世界之上，在灵魂的一角，在"万物合一"屋宇之上，坐忘，与您的玄微对接。

　　静听着，你懂得应和。感受知音，同享不远，我情愿温暖地咀嚼人类的伤感，为大美而死。不在醒来。

归来吧，我的诗人！

——缅怀爱国诗人屈原

归来吧，我的诗人！

我虽然没见过你，却领略过你那不朽的《离骚》；也曾悄然走进《楚辞》《天问》《九歌》。

你是我心怀里站着写诗的人，是诗人永恒的爱，亦是永远的痛楚。

一曲《橘颂》那声满天地间，是恢弘，是斑斓，是自然的光韶。

归来吧，我的诗人！

倘若，那旋律能奏之以阴阳，烛之日月，那它就可使鬼神守幽，而人类静寂。

倘若，惊雁声摇三叠曲，倘若，诗言志，歌永言，那是怎样动天地之大美，怎样一种意态之飘渺？

失赤子之心的若论，便能深深嵌入诗人的脉搏。

归来吧，我的诗人！

你坚持真理，宁死不屈的风骨与日月同辉，与星光同灿。

你的诗歌,更会意蕴流转,你的诗魂,集浩然之气干苍寥。

你如此披萝带荔,亮节孤忠,却引发了楚王的怨恨。可你决然把忠魂交给了汨罗的波涛。归来吧,我在呼唤,世人在呼唤,不屈的精神,一个伟大的灵魂!

陶之魂

三千年的闲置，二千年的昏睡，从山的那边带着满身的泥土涉水而居。

面对火与水的双重历练，将血液化为燃烧的微笑，瞬间凝固为一捧紫砂陶泥。

站在清澈的河岸，风仰望无边的天际，如惊鸿照影，古朴清雅之妙器，宛若浣纱女子般轻柔的手臂。

翻开亘古的岁月，许多心事无人读懂，许多时光如溪流缓缓无踪。

陶的命运，也许注定尘归尘，土归土，唯有皓齿生动着两个生命某个温暖的时刻，阐释人类最质朴的距离。

谁是谁的偶然？谁是谁的必然？谁又是谁生命的载体？

一种对生命的膜拜与敬畏，唯有一片绛红与热血烘烤着疼痛的渴望，心才有了供养；相知的感觉如同丝滑的秋水，唯有重新烧制的那一瞬才是她柔润的梦境。

在陶的世界，你固守在地心最深处，将所有的悲喜都背对冰雪的空间，湿地，荒山的冷寂。

一句燃烧的呢喃，一场黄昏的飘雨，就能把陶泥彻底融化，相握的灵魂与鲜活地孕育在山后温润的土地。

　　陶罐宁愿就这样苦苦守着你燃烧的余温，一生愿把灵魂栖息在你的心里。

　　唯有在你的梦中才可以永恒的灵息。

耕雨播月

GENG YUN BO YUE

名家名篇

这一碟月光

黄昏吻着我的眼眸，浓得痛，痛得深，深得爱，浓浓淡淡，原来思念也是有颜色的。

满眼都是秋，惟有你是银色。上弦月在星空，碎成闲云，流浪，流浪，下弦月裁成轻舟，漂泊，漂泊。

今晚，我要从水里将你轻轻地捞起，试图存放在心，如水的月啊却从我指缝间漏去一线光影。

此刻，我端坐在河畔，伫立在树下，静静地凝定，默默地仰望，幽幽的相思里包裹着，一寸寸江南的烛痕，一点点凄楚梦外的乱影。月啊，你知道，你知道，我为何如此忧伤。

风在云里绵邈，你在时空中拉长，原来，相思的色泽竟然如此的透明，净白。每一滴都是泪啊，每一滴都是揉碎的花瓣。在十五的前夜拉成半片长长的月白，短短的清辉，装进我思念的杯盘。

望着你，我手足无措，饮了这碟月光痛在心里，放走了痛亦在心里。

追寻吧，我要将这碟碎碎的月，碎碎的光，碎碎的心儿连缀，缝补成一个圆圆的明月，不再让相思人儿嘤嘤地恸哭，不再让相思的心啊隐隐地作痛。我要让缠绵的心啊柔柔地融化，轻软地安睡在你的臂弯。

看，月在飞，谁能追上？

红月亮

乘着风，你背朝着半壁江山，从银河驶向我的心房。

在这个寒冬，你殷红般的血液，染尽了天宇最后一抹蔚蓝。

哦，红月亮，你踏雪而来，所有的星子都被你的光辉羞赧。

彼岸的忧伤泛起了琴弦般的柔波，疼痛却收藏在冰冷的山岚。

雨飘后，雪遮盖了暮霭，夜在低语。

天空无法描摹你恢弘的绝美，勾画一轮无与伦比的壮观。

行吟是你的绝唱，扬起你绛红的睫毛，一次眨眼就是一次涅槃，悲凉了森林，悲凉了幽谷，悲凉了裂缝的三江

整个冬天被你涂抹成红与黑，黑与白的世界，斑驳的云层与空灵的梦幻。

不是所有的轨道能通融你内心的独语。谁的心魂泊在银河中？疼痛了岁月，岁月疼痛了大地，大地清瘦了千载的时光！

荒芜阡陌能耕种怎样的日月？怎样的梦啊？才能从天地拾起光的风刀，把生命镌刻在你的肋骨之上？

此刻，我泪雨顿飞，等待一个熟悉的光影，曾经的黄海，水的呼吸早已冰封在记忆的心泉，滴落在遥远窗畔。

哦，红月亮，我钟爱的缪斯！前世今生，走不出你亘古的温暖，我愿受此烧灼，沸腾，蒸发，化为烟，化作气，复归于太宁与你共舞同唱。

流动的山啊，渗入那夜骨里的疼痛，疼痛又嵌入我的精魂。这一刻，挥别的手臂，更近的是相握的心灵。

捧起指间里的清辉，轻轻唤醒醉了的梦境，将我内心纯净的火苗轻轻点亮。

哦，红月亮，你唤醒了人类失眠的冬季，荡起时空的双桨在寂静的黑暗里起航。

哦，红月亮，在你飞行的那一瞬，我的灵魂就被你的光芒折叠，根植，唯有在你的光晕里，才能永恒地绵长。

又见芍药，花又开

意识是一种深境，我看到了世界上不灭的，永恒的花朵——那就是母爱。

——题记

五月，季节的微香向我轻轻走来。

远处，天空恍惚飘着一茎粉色的芍药。院内，静极。

那瓣奇香，吹送了半个世纪。今夜，月光向右倾斜，一抹疼在天，一抹痛在地。那影，那深景，只需一个眼神，便会泪如雨下。然而，此刻的我却没有伤感，没有恐惧，没有审度，惟有凝定。

人间的季风，打开童年的记忆，吹过花蕊，吹过尘土，吹过五月的微香，吹过曾经的过去。芍药，你这五月的花神，是爱，是泪，是母亲仁慈的微笑，是伸展的吻。她带着紫，带着橙红，带着浅杯状的透明，还有繁茂的叶子和春天酿造的最后一杯酒。我，独自饮着。

娘啊，已近暮春，我又来看你了。一座坟，两棵小白杨仍旧耸立在青山的背面，时光老去，黄昏的寒意裹着斜飘的细雨，天地一片迷蒙。我看见，我看见那丛粉色的芍药飞上坟茔，轻轻地，喃喃地围绕着你，然后幻化，瞬间迷失。

耕雨播月

GENG YUN BO YUE

名家名篇

娘啊,你终究逃遁了苦难,逃遁了人世间的繁杂,逃遁了身后的悲哀。我立于此,嘤嘤地哽咽。

一梦 24 年了,娘啊!你依然静如光,整整 24 年啊,我的思念一直无法缝合。24 年的伤痛,24 年的痴望,这光,这泪,这芍药,这花朵飞散重叠,由粉色变橙黄——是凋谢,还是涅槃?一夜风雨,打湿了生命所有的哀伤。此恨绵绵无绝期,一腔酸楚堪与谁诉啊?

在光与影之间,在月之上,芍药光芒褪去夜的静谧。那一刻,时光揉碎院落的一切,却没有枯萎这两株芍药。娘啊,你如同"婪尾春"的花瓣撒落天空,霎时化为千片,万片的飞花,飞出山外,飘在空中。而那一袭香气却永远镶在儿的梦里。

坐在时光的安澜,坐在伤感之外,坐在微妙的内心。我喟叹生命的遥远,喟叹相隔的时空,喟叹眼中的芍药。此刻,这光与影,这馨与蕊,在我呓语中缓缓地消失,渐渐地淡化成思念的意境。一抹淡若芍香、一抹馨柔如玉。

我恍然彻悟,生命如烟,如雨,如尘雾,如离草,或许,如离去的遥远。

或许,亦如同这两株芍药花开,在大地,在我心底,永远睡着,醒着……

注:此诗特为我的文友:欢歌而作

第一辑 天籁篇

你是我最美的忧伤

那个青砖屋檐曾经是家,那梦里石桥的名字叫故乡。夕照下背影里有半勺慈爱,在时光中褪去瑰丽。苍老的雨巷,石介上的青苔,水边的矮墙,城墙外草间的蝈蝈和花皮甲虫,还有一袭乡愁,温暖而凄然。

岁月转身,不见满树桂香,不见一地梧桐果,不见血红的枫叶在秦淮灯影中轻摇,不见白发亲娘尾随在熟悉的小巷,唯有一颗伤怀的心,一棵昏睡的老树,和断臂银杏还在,故乡还在。

阳光在云间闪烁,燕子翩然辞去一抹残红,我的灵魂还没有衰老。我想象,你是我最美的忧伤,你的存在便是我存在的力量。你如落叶归去,我会不会也去寻觅,那个熠熠生辉的生命之符?寻觅远去的香樟树的足音,寻觅你思想的内蕴。

我的孤独与宁静,我的伟大与弱小,我的崇高与低微,我的柔顺与温良,我的内敛与沉潜。一切的一切,瞬间,毫无意义。我将在神游中优雅地老去,静美地死去。入夜,我愿大地平安。然而,身后是天涯,我接受漫长,将孤独的魂魄系在可爱的故乡飘飞。

一滴泪装不满故乡的情怀,一腔热爱,涂不尽相思的河岸。还是静默。彼时,我问秋风,秋风问我,我问草木,草木问我,我问冬雪,冬雪问我。

故乡的月色淡漠,风在奔跑,雨在斜织,草木深,雪舞一寸梅香。谁也不知,思维的曲线,在智慧的照耀下会是何种形态,谁也不晓,我的生命置身于平静之后,还能再次勃发美的青绿?对于生与死的思索,我将拨弄明月去歌唱。

或一个信念,一个梦想,一片惆怅,或一痕遥远的怀想。我便用穷尽一生的时光。

用一颗心为你祈愿

致——蔚子

　　曙光冉冉，树叶便在光合中与阳光争夺热力，天台上倾斜着一角斑驳的暖意。阳光夺目，天空和大地，一时间无比明亮。

　　寒冬，本是雪影上枝头的时节，然而，南国却是一片响晴。我垂下眼帘，幻想着北国雪花开满原野的妩媚，想象雪山背后有一只白色的翅羽在云间扑扇，想象冰山缝隙中有朵慵懒而静美的雪莲，微笑地面对严寒与苦难。

　　我的心啊，被着眼前的情怀，感动得浸泡在泪水里。我想，那一定是你——蔚子！你若天使般柔美，善良，你若雪莲那般纯净，坚强，你若一朵雪花那般智慧，闪烁着圣洁的光芒。

　　那一天，我让你抽空去晒晒五色的晨光，初升的太阳。虽是物理形态，简单的叮咛，但你乖巧地遵守了，这让我心酸到喜极而泣。从一个境地，到另一个境地，我们可以倾听阳光播下的味道，在不朽的温暖里汲取生命的养分，生活已然。蔚子，你还记得我们美丽的约定吗？阳光挪移着细小的碎步，撕毁四周一片的沉寂与黑暗。最寒冷的日子，也会投射最温暖的光明。

　　蔚子！你依旧如天空中的那朵蓝一样，我知道，你的寂静与恬淡。可爱的蔚子，我愿你柔弱的身体尽快恢复如初，我愿为你吟咏百合永不落的奇香。我愿分分秒秒地为你祈福。此刻，我愿用分行的诗意来寻你，祝福你。哦，你就在离天穹最近的地方，你像宁静在高空中的一枚星子。

生命在深处，光阴在浅处，深得遥不可及，浅得伸手可以触摸到疼痛。然而，何处是归程？

于是，我坐在梦外，打开屋角的灯光，感受时光渐远渐行的移动，感受心灵颤动的美妙，感受生命汹涌的跃动。用一颗心，守着广袤的夜静，守着窗畔凝结的寒，在星子挂风中的冬夜，我相信永恒的心，相信祈愿。

在这个平安之夜，我不愿看见你在迷茫的黑夜里孤独地行走，我用双手紧紧嵌在胸前，将头深埋月光下，用我的灵魂净化为祈愿，祈愿今夜的月色不要离去，祈愿冷落在牧场的星光缓步，再缓步，祈愿每一寸月光洗去你的忧伤，洗去黑夜的渺茫。

今夜，以灵魂的名义，以生命的名义，以平安的名义，穿越时空，草原，森林，溪水，田园，池塘，祈愿疾病的魔爪远离，祈愿晨光中每一粒细小的暖阳，沐浴你冰冷的心房，祈愿圣灵的慈爱时时刻刻，永永远远地亲吻你的面颊。

愿：蔚子——我心爱的妹妹一生一世平安，健康，快乐，吉祥！

（此诗为我的挚友：张蔚而作）

向前,靠着你的肩从一季到一世

静坐在河岸,谁摇着史前的橹?在举目荒芜的视野里,我看见了阳光温柔地沿着天际蠕动,林中闪烁着道道绛紫色的光晕,顷刻,笼罩在远处的山脉——我心迷神驰。

岁月在树杈上抖落它的疲惫,一年又一年,每一叶都飘零在远方,伤感在水中,或腐烂直到斑斑驳驳顽强地盘踞在你身后的土地。

光明在黑夜里通透,到处是安静的水滴水声。这是你的诗意,我信。时光不老,骨骼不死,我就可以谛听,可以拥有甜蜜的伤感,可以将涌动的温情延续到永恒。

尽管你是一寸绿影,一条弧线,一片情怀,可云游的我,钟爱你凝定的姿态,庄严的睿智,迷人的安静,以及沉静的思维。静到极致,便是心智从深海中跃动之时。灵魂回到至高的纯净,我便可以将你拥入我的心怀,植入我的血浆,心底。

人世间我所向往的美好,或瞬间,或刹那,或是燃尽的晚霞。每一个时段如晨光通往黄昏的旅途,而我手上只握住一个动词,脚下依旧是思念的泥土。我想,树与根的沧桑,和人世间永不消逝的哀伤,为何如此这样相近,这样熬人?

一滴泪可以击碎人心!或只因为有日月与深谷,正如黄昏在寂静的山涧。晨光与黄昏，一个初升的璀璨，另一个则如暮霭中的玫瑰，两者都可以折射奇妙的幽深，尽管挪移的角度不同，但步履一致，都必须围绕自己的内心，围绕天地，围绕宇宙，不断外延，内敛，循环，置换相同的光芒。

夜更深，深到无底，我的魂灵在独行，我的心开始狂跳不已。黑夜使我看到白昼的光明，梦想的光明给黑夜的不是一个苍白的词，亦不是一个卑微而伤感的平仄，而是，向前，向上，是永不厌倦的明月，永不凋落的太阳。

那一刻，我激动得满眼是泪光，在泪水淋漓中，我像一个盲女，用掌心轻轻抚摸你的枝枝叶叶，抚摸我七月的梦幻，靠着你的肩，从一季到一世。黑夜也好，黄昏也罢，都不是我存在的痛。

唯有你,是我一世的情郎

当第七枚星子从深海浮起,我孤独的心从此得以永生。

七百七十万年了,你用伟岸的身躯穿越连绵的群山,飘雪的冰峰,蓝色的雨帘,从一片云层到另一片云层,直到天空岑寂。

踏着平平仄仄的诗意,你逆流而上,执着地激越在黄昏地平线向我靠近。天空繁星闪烁,每一枚都生动在郊外,年迈的山崖依着松柏,吹鼓手们,喘着粗气,大义凛然地卖弄华贵的辞藻,唯有你——第七枚星子,冷峻的脸庞,梦一样的眸子注视着这个纷繁的星空。

漆黑的夜晚,你将忧伤的心灵,隐遁在苍凉的天际。

雪,埋入尘土,岁月在寂寥中奔流,我从青春的密林深处,跌跌撞撞的涉水而来,没有人发现我的存在,我孤零零地,孤零零地立在微雨之中,幻想着光明。此刻,黑暗的雨幕里恍惚有一枚星子,闪动着睫毛与我凝眸,那一秒,我眼里噙满了泪水。

或许,一个精神洁癖的人,为了爱,宁愿选择啃一块廉价的面包,高昂的站在人群中,豪迈地抵御围观者异样的目光,不屑的礼遇;或许,一个思想的歌者,宁愿选择站在坟茔哭泣,也绝不跪着堆笑;一个诗者何须随人俯仰,何惧尘世的风暴。

心啊,有你就有诗,有诗心便会强大,你是世界,诗的世界,诗的国王,是我一世的情郎。

　　夜深沉,你怜爱的捧着我的内心,坚定的对我诉说:谁能在星光下度过比诗更诗意的生命,谁就蒙福。有诗能璀璨,就能热烈,就有温暖,有诗,你就不会迷惘,你的灵魂就不再流浪。

　　我隐约谛视,星光沐浴在大地,月色压抑城市的呼吸,碾过世纪苍茫.寒枝上梅朵在寂静的石块里盛开,我拽着一角星光俯在耳垂,喃喃地应允。

　　那一刻,我不顾一切地冲进雨幕,静静地揽着,将悲伤湿漉漉地埋在你广阔的胸膛,泪,顷刻化为星子,深情而温存的融合在这静夜。

　　此刻,山岚寂寞,水在细语,你坐在云间,光芒散在地上。你用浑身的气力营造一个强大的气场,唱出人世间最柔美的欢歌,而这厚重的声线仿佛从亘古的溪流到荒原,我像一条脱水的小鱼儿及时得到水的亲吻,拯救。

　　看着你隽永的模样,心很温暖,四目相视,同时莞尔。这就是诗的能量,它滋润着干涸的灵魂,干涸的世界。

　　寻去,风寂了,唯有你——这第七枚星子永恒地嵌在我的心底。

虹彩的约定

——这个十五，我只选择听月

趁着夕阳溜走的光辉，我选择端坐，望窗外一抹玫瑰色的微红，香软地逝去，逝去。

肩上是无垠的天空，风端在银河，你无语，我选择听月，选择笃静，选择用低眉与守望围困你的心灵。

然而，我听见，四周的风翻飞一树玉兰的淡香，从山的那边放来。窗外，秋虫亦顺着月的脉搏低语，轻舞。远处，桨声动碎着一水星光，清婉的秋月仿佛与我梦中呓语。

岁月是贼，八千岁为春秋，生命只是一呼一吸。看来静寂，幽怨，沉睡都是一种前所未有的奢望，惟有先将牧游八荒的心神凝定，凝定。

今晚不赏月，只想听月光横扫我心谷，浣洗我心肺。静穆，只想与这一脉静对视，独语。

心约清风为我佐证，以山为背景，以心为坐标。我想扑展想象的翅羽，剪一寸烟云，采一枚星子为平仄，用上弦切为封面，下弦为意境，信念为骨，为髓，为封底，用心和血液癫豪，泼染，描摹；用挚爱缝制此生唯一的那本线装书简。

倘若，今夜月有灵通，我愿做一条温润的水草，一尾琴鱼，从诗经里走来于水之媚着落。

倘若，今夜月如银雨，我愿一次轻落，便氤氲一世的福缘，倘若，今夜月挂在屋檐背后的枝头，我愿跟随你的目光，将温柔的果酱涂满整个村庄，倘若，月色落入玻璃杯里，竟然无法溅起满天的星子，我愿这一生一世依偎在黑色的土地，影子匍匐在槐树的脚下。

每一次听月，心都浸在一滴水中，在一朵花间，在婆娑的世界，每一次听月，都在灵犀的牵引下，你和我相互感知。

说好了，在月下握住手，握住心，要如美玲，红杨树那般，梅丽尔那般，健康而优雅地活着，优雅地走进玉宇；像史铁生那般坚强，无悔地植根于土地。

今夜，不赏月，谨记约定。

在黑夜，用黑色的眼瞳放牧，用心听月夜里落地的花香，用我生命，生命的气息透明这月光。每一次听月，心如月静出水面，静立，静立，长眠在西亭。

竹简里的雨蝶

读着这样的时光，如同潜行在不朽的魏晋。

岁月是具象，可以雕刻，可以锯齿，可以研磨，可以用来诵读。对于古老的竹简，对于一个寓言，我已期待了一万八千多年的光景。我想象，在一个桃花岭小村，在阡陌交通的田野。

远处，依稀传来：嵇康《渌水》《蔡氏五弄》的古琴，刘琨《竹吟风》以及陶渊明的琴曲《桃源春晓》。丝竹八音，声声入耳，复叠而攒仄，纵横而骆驿，使人横在盘桓的亘古流连。

倘若，我可以做一席青春的长梦，我定会翻开最美的一页呈给你；

倘若，生命的光色与人生的动静如一派澄澈的溪水，静静地从竹简流出，我定会走向花开的时节。

倘若，竹简使万物纵横到一个向度，我情愿永恒地执手与你凝视；

倘若，痛苦也能擦亮竹简的透明，我情愿蚕食生命所有的光晕，与你沉潜。

隐秘的忧伤犹如一粒种籽，拨开生命的沉香，便能啄破荒芜的大地，种植于我的骨髓，弥散人间。

我期待这样的春天，与你，与土地一同清醒。我期待，疲沓的地幔上，沛然复苏恬淡的深情。

我期待回眸那个雨夜，粉色的记忆里沉淀一丝的温柔。这样的雨夜，星月俱灭，可你居然轻轻地向我飞来，像一只水里的梦蝶，粉蓝色的翅羽，十分透明。我不敢上前，我想象自己没有足够的空间去容纳一个欲望。彼时，我选择一个静穆的石块取景，用最适当的广角，视野，在深处，用泪眼和微笑与你凝眸对视。

此刻，夜幕降临，在风吹云动的世界，在没有一抹晚霞的天空，在城市的郊外，雨依然滴滴答答地在屋檐飘落。流年依然无恙，我恍惚看见一片竹简，在我眼前瞬息化为泥土，化为雨蝶，吻着草叶的深香，泊在我的柔肩，默默无语。然而，顷刻，绝尘而旋去。

你走了，世间一片静寂。谁还能听见花开的灵息？静夜，没有月色，星星亦早已凝固，溪流在山的背面呜咽。

转身，一痕清影锁千秋。在这雨夜，我捧着竹简，虔诚地低眉，读你，读竹简里的岁月，希冀精神皈依，希冀以《小雅》《国风》为序，为友，为形态，再度感应与你相逢形成的幻影，希冀，以爱的清芬，以灵魂的名义，在草的边缘，折一枝竹叶，放在唇边温软，选一个清和而宁静的日子，抱紧自己的心，抱紧竹简，将一段刻骨铭心的邂逅与浪漫，执手之音，一字一句地镌刻在这古韵悠然的竹简。因为，此番惊悸，此番敬仰，此生的思绪，在我的世界，因你而储存了梦一般同光无比纯美的幻境。

借词融山水　翰墨淌为诗

七绝.雨蝶(仲达先生原玉)

——为蕙兰于心老师散文诗《竹筒里的雨蝶》

丝竹入耳彩裙来，烟数暗香次第开。

一片温情春水里，清风淡淡入柔怀。

与好友邹刚妙和 [五绝:(邹刚原玉)]

魏晋杯中酒，八音增婉伤。

星光别落日，蝶舞夜来香。

蕙兰于心再和

不衿春色恋月光，三径仍留一段香。

路染素衣凝薄翅，痕添新粉换冷妆。

庄周有约都成梦，九曲难回别柔肠。

郊外流连枝上绕，深情仍是淡心殇。

第二辑:地籁篇

—— 耕云播月，五行之秀

做个梦吧——

醒来已是晴天

以词的分量植根大地

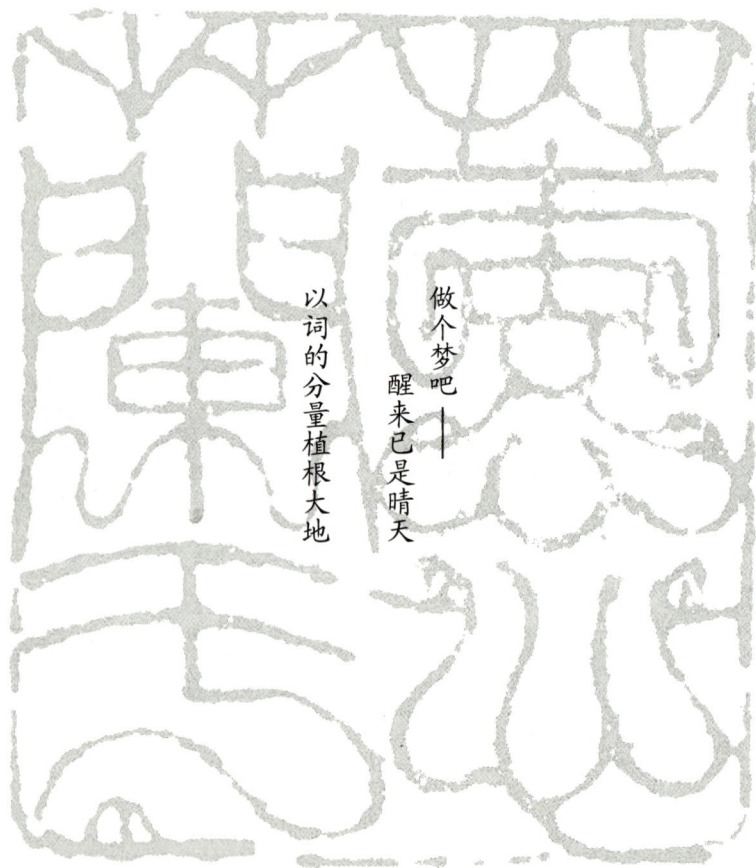

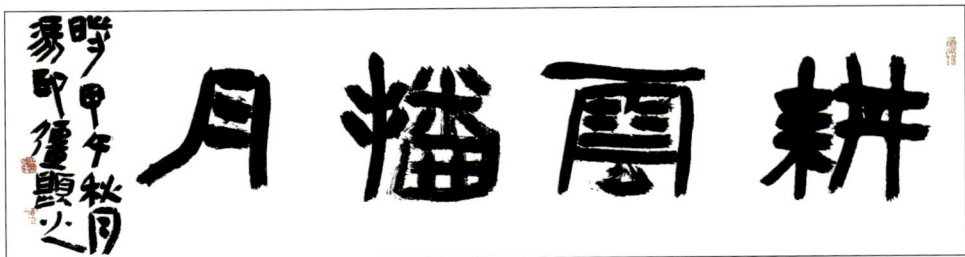

耕雨犘月

时甲午秋同 象印復顯心

书名题字:冯印强简介

　　冯印强,字一甲,号悟玄斋主,1969生于河南,著名书法家,文化批评、艺术批评家,现供职于乌海大学书法专业教师,乌海市企业家书法协会副主席,乌海市政协书画院院士。他在书法创作、理论研究、文化交流方面建树颇丰,为当代书坛实力派职业书法家。

　　2012年12月4日,荣获全国第四届书法"兰亭奖"佳作一等奖。被誉为:"兰亭状元"。

　　2013年荣获内蒙古自治区文艺创作最高奖——萨日娜奖。

书名题字:李人范简介

　　李人范,男,1957年生于上海。现任新上海人艺校校长,中国诗书画研究会研究员,中国美术家协会会员,ACT国际教育上海中心兼职教授、艺术顾问。早年师从张大千弟子刘侃生先生,毕业于上海大学美术学院。80年代首创的"明矾禅画"被誉为"上海一绝"。

作者与兰亭状元，著名书法家冯印强在中国美术馆合影

复旦情怀

樱花谷

不是所有的色彩都能被春天鲜妍。

桃红,柳绿,渲染了一个丰盈的季节,但在暮春的世界,白雪般的樱花每一片花瓣如雨,悠然地给五月平添了一丝惆怅的美丽。

请在樱花谷等我,那是我们七千年的约定。

一瓣樱花能走多远?月色被时光挪移驮着斑驳,一点点地向外伸展,扩散成不同的象限。最后,宁谧到彻底空明。

彼时,唯有依托静寂,我抱紧夜幕直面几片颜色,独坐。独坐在自己的时空,不见世界,不见天穹,不见庄子,唯有梦游楚魂。我看见灵魂之火在燃烧,从未明灭。同时,我眼窝浮现"德谟克利特"所述万物的本原是原子和虚空的画面。于是,我慌忙用中指地将一滴泪水锁进眼框。

此刻,坐拥对应的二元巨灵,我不知如何安置自己?唯有在心与心的王国,静穆。希冀,穿越精神领地在高度升华,携月光私奔,深揽一种伟大的丰饶。殊途而同归,百虑而一致。

然而,谷底樱花的种籽在草间舞蹈,一粒穿过山谷,一粒透过森林,原野,一角冰河。恍惚在飞,直到凝定。

我想象,我的孤独只存在两个时空之间守盟,追寻从你锁骨

里迸发出一撇紫光,继而,留下氤氲的白净。

我的荒凉无法隽永。灵魂被灵魂存在,影子被影子存在,存在被真声一寸寸密度,彼此会意,支撑。生命向度的永恒,唯有那声光或影,智慧的永恒,唯有融化成碎片。思想只向思想对话,心灵只向心灵唇语,激战,或和解,或被收容。或在谛听中播下一地苍茫。

冬至——2012

这个冬至,关于宇宙,关于觉醒,关于春的启示。我相信这是江河湖海的重生,世界的轮回,地球的轮回,人类的轮回。

一切的一切从新开始。此刻,我静坐在窗前,望飞雾的彼岸,希翼一场风雪的诏示,森林的覆盖与大地的沉寂。

地球,早已遍体鳞伤,肌肤,早已溃烂,心,早已交瘁。他需要安神,静定和疗伤,更需要将一切罪恶与毒瘤铲除。

2012 年的冬至,寒风凛冽的夜空,我像一个初生的婴孩,静到万物归零,又恍惚听到遥远的天边有凄然的哭泣。疏星几点隐在雪山的背面,被暴雨淋湿的人们叨念着,恐慌着,世界末日的到来与灾难的降临。

然而,人间早已穿越了二千三百年的时光。或许,前世地球表层的骸骨,早已腐烂化为一粒尘埃,在天地流浪,在旷野徘徊,在空中游历。今生,惟有几片闲云弥散在静谧的寒夜?

哦,2012 年的冬至,一个不寻常的日子,天空没有一颗星子,但他依然放着不泯的光辉,就像大哲老庄,在此处鹤归,可他的眼瞳可以在六合之外,照透人世间一切的荒唐。

哦,2012 年的冬至,下一场世纪的大雪吧,用凛冽与银白来

净化这个悲催的星球,净化人类的灵魂与物态的变异。

　　随自然的轮回,我匍匐在地,诉求灵魂皈依,仰望天宇,我用佛经轻轻地呼唤,天神将人类所有的浊气,在浩渺宇宙中荡涤,将生与死归集于天地。

　　我每一天都在跪求,祈愿我的地球母亲,祈祷我无力反抗的昆虫和我的春天;祈祷他们不要死去,不要灭亡,不要凋零。从今夜始,顺应自然,将人世间万物齐一,到达宁寂虚空的境地。

我不是三寸金莲

走与跋涉本该都是一种享受，可人生是高速公里，是跑，是弛，还是飞，思想是翅羽。

我不是三寸金莲，但也总能透着秀气，迈着坚实的步履，脚踏实地。

一双脚，跑了半个世纪，于最后一个转身消失在雨的掌声中。

走得快和走得慢，都是底气的问题。快了，会遭到慢的骂声，慢了，也会遭到快的鄙视。

这被人追和被人推，都会触及落空的惆怅。其实，我们谁都不认识谁，各自用各自的脚彼此衔接光一样的生命。

我不是三寸金莲，但一双迷惘的脚总停留于意念的风景。

此刻，我情愿用喝一杯茶或一杯咖啡的间隙去凝定。

在左脚迈开世界之前，能否淡定地和右脚商量一下飞的密语。

春来了,我将死于白雪,
生于春染绿的大地

初雪妖娆了天空,你还睡着?睡在千年流淌的岁月。

该醒了,你还是这样的一个懒惰的执着者吗?你追随自己的影子,活在自己虚构的世界!

地沟油,毒奶粉,三聚氰胺,转基因,人世乱象,貌似都与你无关!你领略太阳通透叶子的光辉,领略斑驳而逃遁的宁静。黑夜沦陷你孤独的软弱,你将白昼美好的疼痛,一滴滴渗透内心,渗透在血液和泪水之中。你在黑暗中饮泣,在睡梦中伤悲。

然而,从虚到实双重境界,再到第三十九层楼顶,你仍然选择睡着,或选择半睡半醒。你甘愿放逐灵魂,守住梦幻,守住一个精神世界,你在平静的痛苦中折磨自己。

初雪旖旎了天空,你还睡着,沉睡在万年流淌的岁月吗?

你追随安恬,在道德缺失,尘雾飞腾,膜拜金钱,为私欲搏杀的战场中,你迟钝,懦弱的像一个逃兵。你站在富豪的宅邸,麻痹冷眼,你看不见虚伪,贪婪,你将高贵的灵魂远远地挂在墙壁上方。

睡着,你像一个安静的疯子,一个内心暴动的哑人,一个幼稚

的孩童，

　　睡着，面对自身，你痉挛，挣扎。你不断维护一个静美的精神躯壳。

　　初雪融化了雾霾，天空笼罩着皎洁，你还准备睡到几时？

　　我憎恶你，憎恶你的懦弱，憎恶你编织唯美的安逸，憎恶你倚竹酌月的凝定，憎恶你独坐在自己幻影之峰，虚无之谷，求真，求善，蕴育崇高的灵魂。

　　你既在佛前禅定，静默，又在上帝面前祈祷，企图与鬼魅和解。在梦里的山谷，你像愤怒的鸟一样呐喊，愤怒自己。在梦外的对角线中，面对华美的建筑群，你卧躺在芦苇和蒲草之上，闭眼不睹邪恶之事，塞耳不闻鄙俗之语，你安静地睡在蝴蝶泉边，玫瑰花海，温柔之乡，一寸寸腐朽。

　　我憎恶你，一秒钟也不能容忍你如此的安静，如此的静穆，如此的凄然。

　　雪，终于来了！天地不再苍黄，纷飞一剂的净白，扑簌簌地扎入你的血脉，我内心怦然，奔涌，潜然而泪下。

　　你忘记了自己到底是谁？面对群山，你伫立于春与雪的边缘，抱紧苦难的生命，眺望春雪飘落了远方，面对洁白的世界，此刻，你对影子说：我需要一种力量来救赎灵魂的英勇。你凝视着流淌的春光，梳理自己折叠的意志。

　　风在欸乃，春染在头顶，雪落入发间，从这一刻起，我决定，死于白雪，生于春染绿的大地。

一生只为了仰望你身后的日月

　　假如生如夏花,我愿抛开前世和今生的所有,行囊里只装上一本自制的线装诗集和那串星月菩提。

　　沿着河岸徒步,执行生命存期惟一的任务。

　　我不知道远方的路有多长,但我知道前方定有神秘的岛屿和一束蔚蓝的星光。

　　庄子有言"圣人之心静也,非日静也善,故静也;万物无足以铙心者,故静也。圣人之心静乎!天地之鉴也,万物之镜也。"此道恰与吾同归于静寂。

　　我不是圣人,但我崇尚自然,空妙;惟有把全部的精神生命慷慨地交给追寻,高贵的灵魂才得以安然。

　　假如生命在永恒里缔造,我愿用一尘不染的眸子在海的唇边,跋涉,吞吐,守望。

　　行吟的疼痛能让一种颜色苏醒,又静于另一种颜色里消亡。

　　心,在岁月的滩头拾贝,带着朦胧的抱负直到水天一色,梦,在光影里缓缓爬行,一生只为了仰望你身后日月的徜徉。

　　假如飘泊是灵魂的不朽;我愿与你背靠着背的,用心倚着玫瑰色的夕阳和一缕炊烟,将一地的名与利统统飞灰湮灭。让东风劲吹,撑一水透明的月光,在蔷薇开花的季节,越过熟悉的景象划向远方。

谷物女神——德墨忒尔

就这样离开了奥林帕斯神山,

在人间你孤独地漂泊,经过一夜混沌的呼吸之后,

在简约的清晨,到处是雾与空寂,碎云缭绕在天空,你独自坐在水井旁悲鸣。

三月的雨水啊,从宙斯眼瞳中悄然滑落,亦从马其顿飘到爱琴海岸,哀悯如绝世的疤痕疼痛着南部的桃花。

翻开谷雨,一部《荷马史诗》读到天亮。

哦,谁的泪水流成了冰河,变成了思念的目光?沿着奥林帕斯山脉,耸入 9000 英尺高的云霄,我仿佛听到了谷物女神——德墨忒尔隔岸的泣诉。

在鲤盖丁山坡,在森林,在月光如冰的寒夜,一颗心被另一颗心怅望、撕裂,呼喊着:回来吧,珀耳塞福涅!回来吧,珀耳塞福涅啊!

这一刻,德墨忒尔一声声恸哭,一寸寸揪心,一串串泪珠惊天泣地顿飞,雨在奥林帕斯山顶环绕、呜咽。

哦,离儿是怎样的一种凄婉?又是怎样的一种伤痛啊?苦,是

怎样的滋味,痛,又是何种的挣扎?我不忍卒听。

顷刻,大地剥蚀,根叶萎黄一片,万物凋零,世界寂静。

一场大雨晚了 1800 年,奔跑在河岸,奔跑在光的阑珊,一粒谷穗埋入地心深处,在蜿蜒的血脉中生根律动,岁岁枯荣,死亡,复活,复活,死亡。

怅望,静穆,静穆,怅望,俄尔普斯密教灵魂永生的神秘,永世永生。

转身,史诗重拾在手。

载着古典的神光,我依稀看见了德墨忒耳,头戴谷穗编成的花冠,手执火炬、谷穗谦和与高雅。

这一瞬,我听到了珀耳塞福涅金车归来的音符,一时间丰盈的田野,植物生命的光辉幻象飞舞。

继而,德墨忒耳迷人的笑靥,揉碎的绿叶,浸润着桃金娘树下的乐土,孕育天地,人间永恒的谷香。

注:希腊神话相关人物简介

1.德墨忒尔(Demeter)谷物女神

她是克罗诺斯与瑞亚的女儿,宙斯的二姐与第四位妻子。

有着温和的态度、热情的笑容,她美丽而又温柔,掌管着植物的生长,孕育出地上的生命。她教会人们耕种,给予大地生机。同宙斯生了女儿:珀耳塞福涅(Persephone)。

2.珀耳塞福涅(Persephone)：冥后、(春)植物之神，宙斯与德墨忒尔谷物神之女。

珀耳塞福涅(Persephone)在大地播种培养植物之时，一次在采花时被冥王哈德斯抢走，做了冥后(除了身边的人只有太阳神赫利俄斯(Helius)看到，德墨忒尔(Demeter)谷物女神因此而愤怒地离开了奥林波斯(Olympos)神山到人间流浪此后，在太后盖娅(Gaea)的劝说之下重返神山的故事。

3.盖娅(Gaea)，天后。

希腊神话中的大地之神，所有神灵中德高望重的显赫之神。是希腊神话中最早出现的神。她是宙斯的祖母。

《荷马史诗》乃"希腊的圣经"。《荷马史诗》相传是由盲诗人荷马写成，实际上它是许多民间行吟歌手的集体口头创作，由荷马加工整理而成。史诗包括了迈锡尼文明以来多少世纪的口头传说，到公元前6世纪才写成文字。它是欧洲古典四大名著里最早的一部。

公元前11世纪到公元前9世纪的希腊史称作"荷马时代"，因荷马史诗而得名。荷马史诗是这一时期唯一的文字史料。

朝　圣

和好友鲁北明月：在一个无雪的城市等待朝圣时刻的到来

迷恋你，因为热爱，我不是朝圣者，但却有颗朝圣的心。

脚步轻轻，怕惊扰你的梦境，经筒，纸币，袅袅烟云。

仓央嘉措也许映在历史的光影里。我想离神最近的地方，离爱就越远。我的忧伤如此生动，如此洁净。

无雪的城市，风孤独如石，午夜的钟声敲响了我宁静的灵魂，我不是朝圣者，但我抱着一寸朝圣的心。

走近，再走近，五体投地，直到走向纯白的颜色，忧伤在燃烧，我祈愿嗅到了太阳的芬芳，谛听冰花、桃红孕育的声音。

此刻，我愿作托举寒风，完成一颗心到另一颗心的跨越；完成思念征服遥远，遥远征服圣洁，圣洁征服朝圣的世界。活着倒下，倒下活着，我在朝圣净水，泥土、朝圣梦想，朝圣洁白的世界。

清晨，揣着阳光出发，漂染一颗洁净的心灵。

飞奔的阿耳忒弥斯(Artemis)

——今夜只愿与心爱的人走在静静的海滩

前世的梦,掀开了月光大地,弹奏在爱琴海的那波深蓝。

穿过世纪的桅杆,怅望你驾月飞过天际,大自然的牧场。

浮云如白色茶花扦插在你清丽的发髻,风呼吸着飘在天涯的发香。

哦,美丽的狩猎女神,你是纯洁的化身,透明的精灵月色在你眉心镶嵌,

人类便有永恒银白,永世的光芒。

七月,雨飘在南墙之外,你穿行于丛林中狩猎,

此刻,天幕微暗惟有你睫毛灵动与澄澈、扇动着我的忧伤。

心啊在沧海里迷失,记忆剥落,梦设在灵魂深处那个最隐蔽的秘窗。

隔着奥林匹斯山脉,亘古的纯白那是今生永恒不变的誓言,然而举手采集不到今夜的星光,五月的怀想。

这一刻,那个凡人静坐在菩提下,背对着突兀的岩石,泪水从

指间里滴落，溢满了森林海岸。

是谁，让飞来的流星之箭将他们撕裂？割腕的疼痛落在隔世的心头。

哦，凡人啊，盈盈一水打湿辽远的梦境。带我飞吧，飞过爱的密林通向心灵的辽阔。

阿波罗！祈求你在这个漆黑之夜，赐予我一双明亮吧！

今夜狄安娜——只愿与心爱的人一起走在静静的海滩。

GENG YUN BO YUE

耕雨播月

名家名篇

剪一段生命与你同行

　　站在生命的豁口，心永远都是那么的宁静，宁静地甘愿以石为伴，永世的静守。在凄婉地延伸骨肉中的疼痛，一块石头凝望着另一块石头。

　　绕过岁月的发际，水告诉心，世界是一个窗棂。尘世的刀柄击不碎秋水的波影。纵然一滴泪若残阳从面颊滑落，水依旧心静。

　　纵然一滴血如流苏穿越骨髓，水依然呼吸。站在前世的渡口，躺在滋养灵魂的地心，活着膜拜山的陡峭与寂寥的气息；死去却将人间所有的景致摄入我的梦境。

　　谁在九月的黄昏饮月告白？涅槃在飞越中涅槃，重生在毁灭里重生。谁主沉浮？可水甘愿剪下一段生命与你同行。

在水之湄，我只需要一粒种籽

回眸高岸，一场刻骨的思念沉寂在落叶之下。

所有的泪水都将化为无声的空寂，心早已经被时光碾碎。多少次的涌动，回声静寂，焦灼的目光，浓了暮色，淡了月华。

在水之湄，只需要一粒种籽，植入我温暖的心怀。

我不知道，究竟需要怎样的一席梦？才能从梦边获得一种恢弘的爱，体味着生命的萌芽。

忧伤的泪痕跌落在心谷，疼痛了心魂，疼痛了暮色里的苍茫，谁来捧起，谁来试擦？

雪静卧于村外的山坡，疲惫的心啊，此刻，需要空气，净水来供养。

翻过雪野，我告诉心，告诉岁月，告诉大地，种何样的梦，灵魂的翅羽才能萌发再生的叶片？

天高，地远，空山的风啊，化为一捧捧流沙却不能在呼啸中止息，更不能剪灭我内心的祈盼。

荒山阡陌，心立于风中默叹，谁主世间情，何时与你永相接？

寂寥在午夜的深处铺展，疲惫的心啊，何时才能静卧于月光之上。

回眸，满眼是宁静

"我们是具有生命力的种子，当我们的心孩成熟充实时，就被献给风，飘散四方。"

——纪伯伦

踏青，满眼是绿，满眼是青青。

回眸，远处，一条飘渺的白云与一缕炊烟相融，袅袅环绕着整个村庄。四月的风，凉而清爽。穿过贫瘠的土地，山色若隐若现，朦胧一片。

正是清明的时节，桂花落，潇潇雨丝，这次第化为人间遗恨。翻开暮春的梦境，借问云雾春风，何时不再飘零？

抬眼，竹林深处，早已泛着一寸幽蓝的光晕。于是，我沿着草间的清香漫步，小河没有变绿，伤感的线度牵着永不褪色的田埂，斑驳的青苔，挂满陈旧的土墙，而心却随着水波悠悠。

风飘在山外，四周瞬间安静下来，不知哪来的早蝉，在雾霭中放出悠扬的啼鸣。或许，这是世界上最喧闹地寂静。

回眸，雨落在心尖，多少清波化成了凝视。梦在小河里奔流，在云层里飘去，我舞动若水的柔情。那一刻，我努力地放逐自己，放逐太多的记忆，放逐生命的空茫。

打开属于自己的春景,将自然的箴言,怀旧的镜片,盛开的尘世,统统化作静叶,跨越生命的跋涉,保留一段人生的缄默播种于大地。

回眸,摇曳着长调。当一切遥远了,或许,你获得了无限的澄澈,或许,一切的一切都成为这个季节的颤音。

题图组诗　野鸭湖

秋韵（一）

秋，你以独特方式，向人类展示你的韵律，

用接近水的形态去接近天空的，那一抹纯蓝衬底。

在湖的深处，雨落在时光之外，于是，你傲然伫立风中欲望生命的激越与欢愉。

谁在山岚背后吹笛？

野鸭湖，以静美的语言在秋的节奏中浩荡着，将所有的向往，所有的忧郁，所有的惆怅都浸泡在沉思里。

秋心（二）

不经意的回眸却摄下你的背影。

轻轻一笔，水墨回轮渗开，成就了一幅刻骨的作品

风舞芦荻，野鸭渐远，天地一色鸿雁无影。

水上波影横渡汀洲，山河绵长，脉脉相映。

不是风衔来的翰墨，而是那眸子，千寻深处铺上云母的秋水

而我却将它物化着，在静默中燃烧的落霞与云亭

如果风雨来了淅沥，你从河心撑着荷叶，游向对岸的芦荻

一切温暖于我，一切寒冷于你。

秋影(三)

一层透明的蓝色揉碎秋的波心。

越过岁月的滩头,轻轻地撒一把流星作伴,回流一泓橙黄的涟漪,

澄澈地眸子里敲响着一串串寒秋的音符,近近远远,远远近近。

只见,静谧而辽远的飞镜,闪烁着蓝色的迷离,凄清而厚实的深秋,空声寂寂不见项颈回首的鸭影。

盈盈一水秋波,幽浮在深蓝的湖底,真想为你点上一盏明月,温暖整个秋季。

真想为你送上晚秋的叮咛,捡起落地的弥香,酿醉人的秋气;真想为风,引一片玫瑰色的流云将空灵辉映。

注:原则摄影作品:野鸭湖

作者: 邹刚

耕耘播月

GENG YUN BO YUE

名家名篇

捧出一颗带血的诗心，
为雅安祈福

那一刻,泪雨纷飞。四川大难,雅安大难,不,中国大难,中国惊醒了！20日上午8点02分,原本是一个阳光普照的日子。可是,天空如夜幕下的狼烟,一个又一个生命被震动了,时间定格在雅安。

这是个周末,母亲的孩子,你仍熟睡在温暖的梦里,温暖的世界,温暖的人间。然而,梦外山石飞动,天地坍塌。

孩子啊,你的生命迹象渐渐消亡,生命体一点点地冰凉,小小的手指一根根的僵硬,你躺在地震的寒夜,任沙石在你弱小的身体上散落,肆虐,践踏。

此刻,风呜咽,苍生断魂。废墟中的呼救声夹杂着山谷的哀嚎,撞击着地球的眼眸,瞬息一片黑暗。

我揪心,我哀殇。母亲的孩子,你再也没能打开紧闭的双眼,紧闭的双唇,紧闭的童真。心没有了光明,世界亦黑暗了。你的眼瞳里再也没有一丝光亮。

孩子啊,我能为你做什么呢?母亲握住你的手,我拾起你折断的翅羽,心在抽搐,在感伤,在流血。地球双眼疼痛着与大地,与母

亲泪水簌簌地哭喊着——孩子啊,你醒醒,醒醒啊。而我唯有用血液来点亮心灯,用如雨的泪浇灭咆哮的群山,燃烧的盆地。

这是一个春分时节,阳光同时照耀在南极点和北极点上,此刻,雅安没有一丝的温暖。

这一夜,黑暗吞噬了天宇,吞噬了四川,吞噬了雅安。可是,远去的孩子啊,我能为你做些什么呢?唯有捧出一颗带血的诗心,就让心泪为你叠一串透明的花瓣,默默地为你祈福:雅安,平安。

第三辑：人籁篇

——拥天地，怀抱自然，揽泉石清气

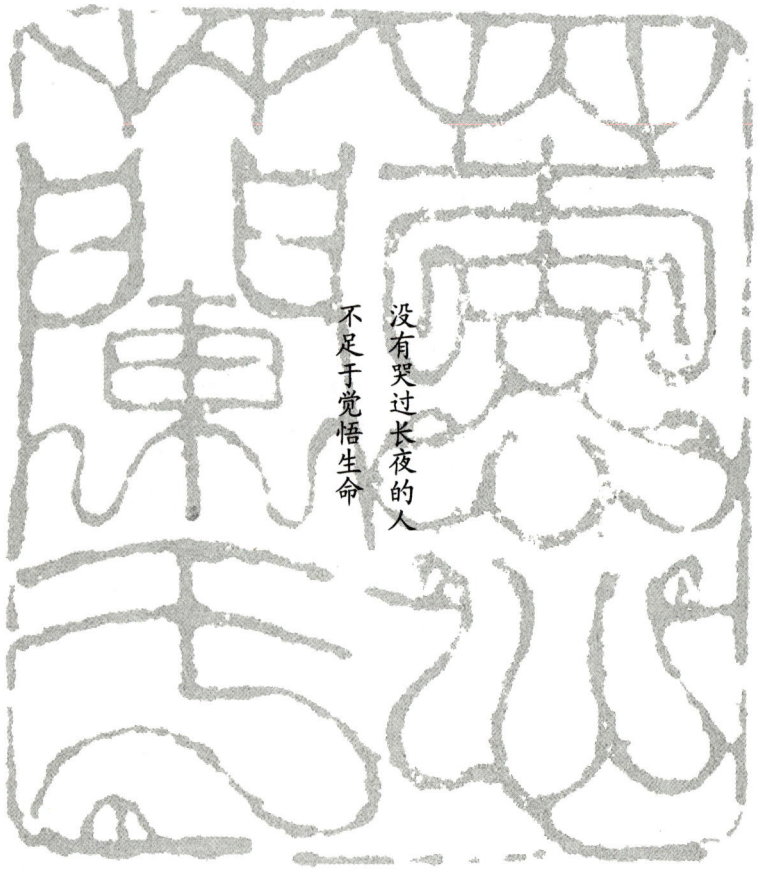

没有哭过长夜的人

不足于觉悟生命

恬淡快乐

作者与恩师,著名诗人作家舒洁欢聚在中山

作者与中国散文家协会常务会长:林非先生合影

作者与著名军旅散文家:王宗仁在北京文学馆合影

蓝色知更鸟的向度

　　你立在风的皱褶里,一切的动,一切的静,一切的完美,一切的沉睡和光影都与你无关。你没有失音,却沉默了七百年,忧伤了七百年。面对狂飙,甚至精神虐杀,你依然坚守在那片树林。

　　久违了,晚来风的温存,丰盈,燃烧着你的血液,你亦依然选择饮夜露,选择宁静。

　　还想飞吗? 是歌唱,还是用自然结束的方式。

　　遥远的村庄,眼前一片空寂,苍凉。从此没有了知更鸟似笛的婉转,城市的一隅,泛白的光线里亦消亡了"小夜曲"般的柔梦。枯老的虬枝上有一声悲鸣,忽远忽近。彼时,就连一只小毛虫、小甲虫、象鼻虫、以及断腿的苍蝇、蜗牛,蜘蛛这些蠕虫的气息稍稍靠近,你便会胆战心惊,便会受到前所未有的惊吓。

　　我是茫然的,懦弱的,流着滚烫的泪,亦无从表述我的存在。我属于大自然中一只弱小而丑陋的昆虫。面对四岳三公,黑暗,荒谬,我束手无策。但即使是在狂风,雨季我仍然认定:你的世界有不灭的精魂,火焰,信念。于是,我挪移细小的身体,衔一抹绿色,捉一寸光芒,用三生三世积攒的气力,用缄默给予缄默的力量,秉烛,在相对的视线里燃烧彼此的灵魂。

　　时间无形,无声,无色,一个动词指向七个世纪。寂静是一种

生命的姿态，寂静乃永恒的天籁。

你笃定，我亦笃定。

谁拥有自己的天空，谁就能用冷峻的眼瞳捕捉柔美的光线。或在向北的路上，或在寒冷的雪夜，或在空茫的云间，这样的光芒将磁场传感的介质回放在天宇。

此刻，你从明月中来，到草木荣枯，你坦然驭着清梦，穿过岁月的重山。对于栖息，对于迁徙，对于生命中存亡的数据，我想，一切你早已洞见。然而，你在决定返回沉静之后，目光终于直视风雨。在山的背后，你果断地把蓝色的翅翼交给了天空，云端，森林，为经验人生作若干虔诚的诉求。在苍茫之后你与生命，黑与白，孤独植入肌理，然后，搏击，嘶鸣，创造图腾，扇向广袤，深远的境地。

今夜为谁饮下半勺月光

——写在元宵节之夜

　　你无语,却如水一样将影落在我心上。梦里的温暖还没散尽,我便幻想用柔指捞起一滴,点亮我黑暗里的彷徨。梦境中的相思哟,我只需一只木桨来寻思月的经典,问你几时能划向深远彼岸?

　　是夜,极致的静,慵懒着浮动的闲云,冷静的光芒穿透亘古的幽眇,心在灵魂中隐秘,我捧着微醒的忧伤。朦胧间,读浸在高脚杯里那枚隽永。转身,两行清泪被苍凉的夜幕明明灭灭地扣住,心随月影在静虚中抵达,然后,独自地或飞,或扬。

　　静寂的黑夜,更需要凝定。我想象,眼前一柄泛黄的油纸伞,能否撑开江南的雨巷?今夜,我只想拽着清辉的衣角,静坐在你的窗畔。

　　谛听,桃叶渡口的浆声将你的肋骨,切割成两半,上弦月闪烁在天,下弦月则跌落在水的中央。彼时,我揣着浓浓淡淡的银光,领略孤独和清寒。心素如简,心泪如煮,在冰冷的河岸将心皈依静默,笃守一世。望,灯火阑珊背面那一抹伤感,此刻,我轻轻地捧着岁月的杯掌,酣然而澎湃地饮下今夜这半勺月光。

二月的散章

吻春(一)

一梦,清芬绕枝头,一夜,一剪闲云忧伤到永恒。一回眸,又是经年。

翻开二月,风将一瓣嫩芽送出土壤,春刚从浅睡中醒来。于是,我的心在蓬勃中屏住呼吸,微闭着双眼吮吸早春吐出的暖意。夜璀璨而极静的美,一行鹭鸟将白色的影涂满天边。此刻,我牵着春的手在暮色中渡步。

已是黄昏,海面疏星点点,银白,深紫,橙黄,如此通透而葳蕤。春风不度,像时光的柔唇在闭合之间颤动。

春的情节宏阔而柔美,春的季节,柔风轻轻地捧着,吻着冬失去的容颜,生命中的一呼一吸,距离很短,但气象却很长很长。

是什么将春植入我的情怀,肌肤?你从消亡到绚烂,刹那间浸透彻骨的疼痛,而年轮在默然中碾着无与伦比的重量。

恋春(二)

惦着鸟儿的脚步飞向你,你是那一树一树的温暖。那一世我为一瓣透明清亮的蝉羽,这一生便恋上你嘹亮的枝头。

耕耘播月

GENG YUN BO YUE

名家名篇

春多近，梦有多远，拉开记忆的长线，谁能用月光来丈量？在风吹云动的世界，如果不能与你走过静寂的春夜，便是我灵魂在落叶中迷失。做一个魂绕的梦吧，春的意境里有你留给我的肩和腾飞而凝定的回眸，还有梦里的温软。

那一夜，我在恍惚中想像，你是不灭的信念，是春，亦是光。天多蓝，海多深，水有多清亮，你眼瞳定然就耀着不朽的光芒。

梦影婆娑，你的枝叶静在我窗畔，在放香之前我不想苍白，你便以水的形态蓄意与自己和解，然后，超越转向抵达一个圣洁的境界。

哦，心与心在仰望，灵魂与灵魂在热握。瞬息，那冰，那火，或那泛着一滴绿意的泪光，柔柔地散落，继而又一层层彼此在燃烧，净化，最后复归。

哦，给我一脉殷红的海棠吧，在灵动与鲜活之间，我要用这柔唇一瓣一瓣地将春渲染，博大。

唇语（三）

来，静坐在这里唇语吧。榕树，绿色的窗下，一片海，便是一世界。风裹着温软的气息吻着我的双眼。怀旧的藤蔓在隽永在疯长，然而，心依然一片宁静。

就这样，你和我，沿着海的裙裾在诗的王国渡步，就这样，我和你，半醉半梦地为衔住每一个诗意而痴狂。

晚霞倦然隐退，在这夜，多少柔波化为凝视，多少温情在你和我的指间流淌。生命早已被春色点燃，此刻，我用黑亮的眼睛望着星空，细数水面浮动的光芒。我想像每一角星光都蕴藏着一勺伤情，每一束光影都是柔嫩的呢喃。

此刻，春的维度若一水如月去，爱，化为氤氲的雾丝飘入一个精神的境遇。别离，在时光中聚散而收拢，我在微笑中饮泣。于是，沉默沦为一个伤感的动词。在梦没打湿之前，谁的意念停靠在春的浴场？风将云凝成雨滴轻轻坠落，我双手合十，谛听潮湿的唇语在我心海里柔情，盘桓，酝酿着清软而厚重的力量。

致——宝瓶

一切的动与静,我相信,那是你放出诱人的光芒,永远的流动不息,与天韵汇成一条江河,聚成灵动的波影和飞鸟的声响。

在这个最美,最温软,最寂静的夜晚——宝瓶,你划着梦的痕迹,微醉了星空,微醉了你和我。

夜,尽管沉默,当我在梦幻中,举起右臂,这个世界在转动,变平。子夜的月色,如流线的麦穗,在幽静的天空里,无与伦比地将芬芳泻下。思念,逃不出宝瓶的眼瞳,你懂得。

哦,宝瓶,你像一朵蓝色的花朵,飘逸而沉静地开在辉煌的北宋,你又将所有的梦写进惊世的预言,写进古典,写进历史的彼岸。

此时,我依稀触摸到你跳动的脉搏,你的余温。好想,好想,就这样静穆地抱着你,抱着这淡青的净瓶,抱着这五谷,这五药和这五香。这满盛净水之香的宝瓶,清纯得令我心醉。

在梦的边缘,心把静放在时空,身随影在动。清辉,抖落一抹恬静的印痕,你的唇语低低地爆发在一霎之间,淹没我心的河床。我无法抵御燃烧的灵魂。

此刻,天地如此相近,我与你只隔掌心的距离。这时,我早已分不清,眼眸里颤动的是月?还是潺潺的泪?但我只愿连同你的气

息,一起装满这玉色的宝瓶,然后,用心泉,酝酿,酝酿。

哦,宝瓶,你沉默了八个世纪,透过斑驳的时光,将历史写在高贵的头颅。

希望的梦境啊,载着惆怅的羽毛,静静地栖伏在你的心上,和着梦的旋律在云间跳舞。而我用指尖轻轻地蘸着月光,为你写下半阕婉约的诗行。

哦,宝瓶,我的泪水在蔓延,你的魔力久久地忧伤我的心灵。我挣脱不了你璀璨而迷人的诱惑。心疼得无法入眠。

在苍茫的忧伤中,我默默地祈祷——宝瓶啊,不要在最美的瞬间化为碎片,不要在空寂的时段去漂泊,更不要在最灿烂的那秒消亡。

宝瓶哦,我要对你说,你这透明的肌理蕴含着,古老民族的精魂,我要竭尽我生命的智德,与你妙华为盖,与你灵魂永生。挚爱。

耕耘播月

GENG YUN BO YUE

名家名篇

"当我们爱这个世界时,才生活在这个世界上。每个人都会有生命的另一半一个人虽然自由,但两颗心,才会温暖"

——泰戈尔

抱紧你

——放着奇香的九尾银狐

寒山,白雪,九尾银狐。

辽远的山脉,雪一片片地覆盖着一世精灵。浩瀚的古海洋已封冰,逶迤的西海湖干涸了,许久,许久。

今夕是何年?猎人仰望着重峦叠嶂背面的落日,叹息光阴穿过,北回归线的塔顶。

猎人早已不知自己究竟在此,存活了多少年?他早已不记得,自己生命的生命在此困顿,在密林里困顿,在无月的世界困顿了多少年?

然而,他每一次对着寒冬飘来的白雪,对着夕照透着妩媚的飞霞,喘着忧伤的气息。他无悔自己欢愉的不死,无悔自己生命的不死,无悔自己灵魂的不死。同时,无悔生命能与大自然如此的贴近,更庆幸自己的魂魄,能贴近人类以外的一切生灵。

时光追忆，七千年的冬夜，冷雨夹雪，饥肠辘辘的猎人，提着猎枪沿着青海湖，追逐阵阵灵动。他在凄凄的声音里伤痛地徘徊。此刻，天空左边微斜，右边冰峰摇摆。前面横着漆黑的森林，后面冰霜裹夹，天地浑沌。黑暗滚滚而来，将猎人锁进了一片银白的世界。

时光低语地飞过，到了第九百九十九年的十月，猎人试图走出这密林，去寻找水源。

远处，黄昏不肯离去，天空将夕阳烧成一抹猩红，猎人留恋地坐在斜坡上。不料，天边渐渐泛着青灰色，不一会便暗紫下来。彼时，只见有狐光在闪动，顷刻，化为一行行文字，在黑白相间的闲云中渗透，放着奇异的魂魄，瞬间，一只九尾银狐着落在地。

猎人，寒气倒吸，举枪在 200 米的距离内对准银狐，那银狐扬起美丽洁白的颈，幽幽地凄泣道："我与你同根同骨，有着九世的情缘，今夜就让我静静地流泪，在梦没打湿之前，我愿用三世修炼一尾，只笃一颗仁慈的心。"一语未落地，刹那间，银狐断尾，幻化。猎人伤痛无限。

一觉，又是九百九十九年。

静定，猎人梦呓中，仿佛嗅到了银狐的体香，他对银狐说：我甘愿与森林，自然，与这雪山亲近的生命状态，或许，我的生命最大的光辉，就在这荒山野岭坠落，坠落后再度升起，升起。用一颗仁慈的心啊，谛听，谛听那山，那雪，那空；谛听那"胡笳十八拍"凄婉，跌宕的千古绝唱。

在这个冬夜，在这个天宇如空，凉了辉煌，凉了寂静的寒夜。所有的星子将光芒收敛，人类的灵魂需要洁净，化空。

转眼，风烟俱净。呼啸的岁月，将七千年的梦境折叠，猎人挪移着蹒跚的步履，伫立在当年举枪的雪地。叹惋，悲悯着，凝眸凝视着天空,呼唤着一片雪定格那黑亮眸子的银狐,怀想天空那缕奇异的精魂。一声声忧伤地呼喊,心似乎有了些能量。

那飘渺的文字是挣扎的灵魂,有不甘心,有凄然,有纵横与飘荡的任意,在天边延伸铺展。字里行间依稀见那苍劲融合着飘逸,多了几分的风骨,凛冽而纯粹,少了几分无奈与孤单。

这一刻,我选择在阳光很好的午时,打开窗帘,让外面的明媚闯入,温暖我的肩,我的心。于是,轻轻地捧起一米阳光,一边流泪,一边拍摄。希翼能将猎人的奇遇,与那奇妙的文字摄像。

我从未想到,那魔幻的故事,像寓言。还有那翰墨染过的字迹,竟然美得如此疼痛,美得如此刻骨,美得如此芬芳与流畅。每个字分明是前世的魂魄寻我而来。

寒山仍是那么的平静,那么的压重,然而又是那么寂寥。我在想:谁是那只千年的银狐,谁又是那慈怜的猎人呢?

我木然地站在雪地,看玻璃窗上印着一没有翅羽的心。

第三辑 人籁篇

D 大调卡农变奏曲

如水一样的女子(一)

如水一样的女子,光着脚丫走在青石板上。

她素衣,素心,傍水成长。水是她的骨头,一生踩着脉动的韵律如金石在山谷,村庄交响着生命力的灵性。

你离她那么遥远,又像近在咫尺,你的心音如同凝止的溪水,给了她一个静默。

到清澈的河边去汲水,尽管远古的北风吹瘦一片风干的土地,她依然选择提着木桶,沿着岁月的田埂,走向缓缓而舒的清河,在山的背后,飞鸟驮着蔚蓝,她却静坐在樟树下,守望着五谷和麦田。

一曲卡农的旋律,从前世的指缝相交共鸣,一直拉响到今生的和弦恋曲,循环复始,生死相依。这是一个忧伤,令人迷醉和沉静。

夜幕低垂,碧波微语,碎银一样的月色在她迷人的发髻上扦插,

D 大调卡农依然在山谷回旋如诉,高举着夜空所有的星子,腾飞,划响,震撼。顺着氤氲的情愫,心与心怀抱,万点清泪穿越时

光的背影,越拉越长。

依恋农庄(二)

真想在这里永远住下,为你研墨,烹雪煮茶。

背靠着槐树聆听, 约翰·帕海贝尔急骤抖动的手腕下飘飞的卡农,聆听两颗星星的呢喃。

真想与青青草气相约,拾捡遗失的稻谷;去山野采撷带露的刺莓,山竺,野橄榄,真想真想固守在宁静的田野,为你种下千年的月光,

怀念雪的季节,心总是涌动着奇寒,茫茫一片净土,封锁我流血的伤口,

在村庄,在田地,在旷野,我笃信纯净就能拯救灵魂的受难者,

梦横生两岸,方才啜泣的冰霜露出一丝微光,我在想那是谁的气息凝固在空气中?谁的脉动徜徉着生命中的芳香?

哦,谁能买下一缕清风,让我深揽一池月华。

"当他静默的时候，你的心仍要倾听他的心"

——纪伯伦

听　石

　　我注定是你的倾听者，当你从远古触动山脉，地心的那一刻，我便选择了倾听，选择坐在一泓蓝色的波光之上——听石。

　　夜，绵延无穷的寒而黑暗，唯有你沉睡在幽深的谷底。当我从忧伤中醒来，看着你，静静地，却无法触摸，这时的我止不住一行晶莹的支流，从月亮的眼角往下汩汩滴落，流淌。

　　你灵动，温润，是我生命中的最爱，是我眼珠里的清泉，是我心底的一片静寂。你用洁净灌溉着万物，用沉默存放自己孤寂的魂灵。

　　我注定是你的倾听者，我忧伤的站在梦外，用我的手，握住你的心与我的心，我们仰望，静坐，直到死亡即永恒。

　　远了，你的影，月华浮在我的肩上，我们都能感受到彼此存在秘密。感受天体昏晕的转动，感受满世界的屋宇在尘埃中，增增减减，唯有我们在相对的视线中聚敛。此刻，你用目光接近我的心，那神奇的目光一寸寸燃烧我的静谧。

　　我注定是你的倾听者，当你从混沌的天宇蜿蜒落入我的波心，从一个时空着落另一个时空，虽然跋涉的路途凄凉而缓慢，我却不舍不弃地选择倾听，静静地，热烈地倾听，倾听你花朵般的灵息，倾听一方生命的透明；倾听亘古的深沉，倾聆听你心灵超脱一切的坚韧与悲喜，倾听你深海一般思想的投影，倾听一个蒙太奇玄妙般的幻境。

　　月光深情亦很温暖摇曳在天空，夜，浮在我心头。在这个心跳的寒夜，我倾听，如是。

　　听石，可以救赎人间冷暖交织的时光，听石，让我们灵魂依偎得很近，很近。心，不再隐遁；听石，使我的思想，你的思想，你的心，我的心彼此袒露自己的创伤，潜化你火一样的气质，听石，使我们共享人世间的欢笑与哀伤。

　　哦，这些还不够，不够。

　　我注定是你的倾听者，一个垂死的人，一个思维的生存者。哦，光阴不在，岁月如何腾飞。

　　听石，可以救赎我们苦苦挣扎，濒临死亡的肉体和灵魂么？在风与火中，在树枝上，在海的边缘，在雪的深处。我依然倾听。

活着只有一片语言

——驮着翅羽"回家"

"如果你真的睁起眼睛来看，你会从每一个形象中看到自己的形象，如果你张开耳朵来听，你会在一切声音里听到你自己的声音。"

——纪伯伦

究竟藏了多少思念，从萨克斯的洞孔里流淌，该是回家的日子了。北方依然是寒冬，雪还没融化，空气里混淆潮湿，南方的冬便多了一丝温情。天被云压得很低，苍茫而来，鸥鸟的翅翼静在夕照里。

此刻，萨克斯生动的旋律悠扬，清亮的撩开一层薄雾，在山的不远处有一种生命欣欣向荣地滋长。

云烟中攒动着缥缈而缠绵的意境，鸥鸟抖落着羽毛，痴迷地仰望着被雾气迷蒙的天空，它很难控制自己的忧伤。现在需要关掉一扇岁月的窗口，咬紧回家的借口。

半生漂泊，半生思念，生命在一次次祈盼中郁郁累累。一旦要回到属于自己熟悉而陌生的高空，心惴惴的疼痛。而泪滴又有怎样的重量呢？

彼时，鸥鸟带着命理所有的密语，从南方的海岸往向北的路上，到环形于北回归线。尽管是点对点的距离，但心却环绕地球一周那么的遥远而漫长。从南方的对角线回望江南，依然足以此生之喟叹。

在灵魂与灵魂之间徘徊，轻揉困倦的眼睛，遥望湿润的城市，干燥的古桥，我们相互倾听。"回家"乐曲中萨克斯的质感，光度可人，醒了渺远的时光，睡梦的意象。人生的况味袅袅到无穷的音效，便毫无保留的从河岸的背面再现。

一种丰盈，一种向度，一种透骨的寒一起冲向鸥鸟的心怀，但它依然在灰暗而无杂的空间、超然地飞，立体地飞，为想象而愉悦地飞，直到在海面延伸，荡出一抹恣意的狂澜。

那一刻，鸥鸟低眉，淡静，与月光同归于孤寂。然而，梦在宁静的夜空剥离，它知道，静，便是飞翔的力量。

"回家"的音符，立在海岸，与鸥鸟一同化作神灵，呜咽着，任凭滂沱的泪雨肆掠它的面颊，淋湿它的翅翼，它仍然仰望着苍穹，仰望着遥远而陌生的世界，仰望熟悉而迷茫的故乡。

哦，这是怎样的一种彻骨的震撼啊，被泪雨灌溉过的鸥鸟，孤寂地在夜空中盘旋，它要领略无垠的大海带来生与死的撞击，它要领略生命中绵延不绝的凄然与不安。它要寻找属于自己真实的天空，寻找属于自己家呀。

哦，海，被鸥鸟的顽强而震惊，山，被它的孤寂而摇荡，水，被它的悲鸣扇动得冷冷地作响。或许，这就是一种伟大的灵魂，在海水里拍打，又在高飞中涅槃。或许，活着只有一片语言，谁拥有孤寂，谁的生命才是最完美的抵达。

一夜风寒

　　岁月的滩头,搁浅在绛红的地平线上,忧伤是忧伤的深度,谁在思念河岸撑起那条远去的乌篷船?

　　哦,风的涟门被风敲响,午夜的眉宇掩不住思念的焦灼,将日月图腾在生命的那扇红墙。

　　伤怀是最简约的理由,凄婉无比一唱三叹。

　　哦,落雪无痕不是埋葬的季节,一树相思满地的梨花。

　　谁站在时光的安澜,凭吊一场惊心动魄的残香? 也许一地雪花的自白,才能悼念这一夜的风寒。

风的述说

看到你,风温暖到心痛。

一根残枝斜挂,一对小鸟在葫芦的伤口居住,洞开小窗,风看见一对鸟儿温情地偎依在被砍断的枝头,微笑地遥望着世界,世界也遥望着鸟儿。

风对鸟儿说:你的巢虽然逼仄,连翅羽都被折叠在肩头,可这是家呀。鸟儿婉转地将一抹笑意擦亮了整个忧郁的星空。

这一刻,风的泪水汩汩地奔流。

晨曦里透着寒气,暮霭中,凌晨时分,风不敢挪动半步,怕惊扰鸟儿的梦,亦不愿醒动鸟儿熟睡的额头,你风雨中死里逃生,平平静静地与相爱的人厮守,想来你比风更幸福,但风绝不嫉妒。因为,你是风最珍贵的朋友。

风,是高洁的,是顽强的,也是温柔与缠绵的,风一生都在亲昵自然,寻找一方净土,一份静谧,一棵树,让风疲惫的时候背可以靠一靠的树啊。

或许,风走不出世俗的尘土,但愿一根虬枝,偶尔将风忧伤的心灵栖息,或许,只是一角黄昏的滩头,或许,是寂寥时一句燃烧希望的语言。但这简单的心愿对于风来说是多么的奢望啊。

此刻,雨飘过风的发际,已是八月的浅秋,鸟儿把翅羽交给了天空,风静坐在郊外的村口。

仰望每一片叶子上的泪水顺着枝桠在流,流到了风的脉搏,风怅然失若,面对苍穹的渺茫,它失声的哭喊着我累了,我累了!继而,风又流着泪对心在说,心啊,何时不再漂泊?

无人知晓风的梦有多么辽阔,谁又能将风流浪的心魂,系在红枫的枝头。

耕雨播月

GENG YUN BO YUE

名家名篇

秋　不在风里沉默

秋，不曾在风里沉默，便是对你的证明。

梦，是散落在月光下的忧郁，是浓，是淡，谁能一眨眼就可以洞开所有的景致。

谁也不知道，梦走多远，惟有泪流千行。

我一直想把藏在经书里的那枚红叶，轻轻放在水里渡，在离秋最近的村庄住下，这样可以接近你的血液，沐浴你的温暖。

寻梦，依依的目光此生不移。越过青色的唐宋诗词，沿着上苍的恩赐，我的手指抚摸着汉字的呼吸，内隐的疼痛。

本是空灵，我不敢回眸，不敢点燃，不敢吹开心谷那抹莹莹的蓝，我宁愿，宁愿在广袤田野里静静流淌那掬青色的冷。

哦，无尽的夜色中，瘦弱的泪水在演绎着一个，来自定语前置的空茫。

我无法抗拒秋的魅力与层林的奖赏。当神韵点染叶的时候，也点染了我。那一刻，我的心一瓣一瓣地蘸着秋气彼此取暖。

哦，当晓风抖落的黄叶划动心湖的恬静，爱已经不能自拔。

在一抹晚霞的背后，站着这秋，站着一团生命的火焰，站着这无与伦比的忧伤。

我始终不敢断定，薄雾能否颠覆了山，颠覆高贵的头颅，或许亦能颠覆高贵的怀想。

　　风起了，雾挑雨丝，夜正一步步逼近，我感到从未有过沦肌蚀骨的痛，但魂灵却宁愿埋在离你最近的峰峦。

灯影下　静揽秦淮春光

——写在元宵之夜

桨声,灯花,闹元宵,春在秦淮的两岸。

细语如烟,画舫凌波,夫子庙,大成殿,金龙腾飞璀璨。

元宵夜,十里秦淮萧鼓不绝。

我却依然倚在河岸痴迷的静默,在静默中痴迷,

若水于清辉里摇曳,六和,天地,人间。

这一刻,我仿佛回到了明清年间的夫子庙,掀开尘封的历史,

翻晒长满记忆的青苔。

观畔池照壁,揽淮水之光,听伶人清唱一曲《桃花扇》。

柳如是,金陵八艳,十二钗,一串串凄美的故事,

或寒风,半春,冷月在此,静水断柔肠。

敢问是谁在空中作语,光阴是河流,古籍,是城墙。

今晚的秦淮河啊,苍穹看不到深处,但我嗅到的是一水迷人

的春光。

此刻,浅秋降临,我静坐在瑶寨的水车旁,揽山河于怀中,让乱影浮烟归于纯净,坐看彼岸。

——题记

写在八月

——浅秋降临的第一夜

风送走了夏的灼热,又驮来了浅秋的柔曼。

细雨时而斜飘,温存着青卷的秋叶,然而,浅秋的凄清于暮色中轻轻漾开,

这一刻,心有一角无法述说得伤感,点点滴滴降落在地上。

那永恒的清辉,依旧婆娑在瘦竹丛中,瑶寨的那台古朴的水车哦,在安澜的时空里醒着,

岁月的指针沿着流动的风,穿越唐朝,向北转动。此刻,浅秋燕飞,梦上远方。

昨夜,不能忘却那一树晚霞,今夜,天空没有一颗星星,只有秋叶衔着半块透明的月亮。

哦,就在这个夜晚,面对一片静寂,一片重恋,一袭清寒,我选择了寂寥与静坐。

我在想,夏不愿褪去,透澈的寂寞便载着一叶秋气降临,我握不住这风,这雨,亦握不住这轻放的浅秋。

可什么时候,什么时候?你的眼瞳里不再有蓝色的忧郁,这是我此生最堕落的祈望。

遥望远岸,心在动,幻想着秋色能否留住一叶柔唇?能否咀嚼一抹相思的温软。

七月　隔着一巷雨烟呓语

七月的雨珠，如静水里的花朵这般的清亮。

我忘情地伸出右手，想接住一滴，你便顺着我的指尖柔化在我心里，我穆然了，再接一滴，你化在了掌心，我泪如你。

此刻，我试图握住这湿润，握住这飘飞的气息，握住一颗流浪的心。

当我微闭眼睛轻轻地合十，便从手心里看到了岁月丢失的泪光。

七月的雨珠，如此这般的透明

今夜，当风触摸你额头氤氲的那一秒，我侧听到廊桥对岸的雨滴，那迷人的声音击碎我的耳膜，流进我干涸的心底。

这一刻，我伸出双手，想捧住这颗琉璃之心，忧伤的心灵。

当我再次第打开，我看到的是疼痛，是梦幻，是有形的生命。

七月的雨珠，如此这般的温婉。

隔着一巷雨烟呓语，爱——若这雨滴，纯扑，平静，该来就来，该走就走；爱是惟一的理性运动，没有拒绝。

我庆幸,我在爱,深深地在爱;我感动,深深地感动——雨的温度,雨的柔情,雨的旷达。

因而,雨是伟大的,缠绵的,缀满柔软的诱惑。于是,我独坐凉亭听雨,读雨,心飞在雨幕,痴在雨的律动,静在月之清明.祈盼,一夜烟雨能在对岸开出一池月光。

啊,南京!

一直想靠你近些,再近些,用明静的心怀,承接一瞥古老的神光。那神光中每一寸都沉潜着孤洁的气息,那气息里积淀着沧桑的历史。

往事的泪痕,离情的莹怀,在江南的水里漂泊,一夜寒雨,几夜晓风,划了半个世纪。痴心印在古都秦淮河畔的——南京。

拥着一泓凄婉的清流啊,我泣血在乡魂里呜咽。站在那弯龙腾波影的桃叶渡口浅斟低吟。料想生命里的那棵梧桐啊,会是我灵魂里的舟楫吗?

谁　约菩提浅酌月

六月,子夜,菩提花开。

晓风在静谧的夜空轻轻踱步,黄梅时节,阴雨顺着屋檐,撞击着透明的玻璃滴嗒地流淌。窗外,群芳秀着繁枝,江南的巷道依旧狭长,这是童年的记忆,还是时光的安澜?

倘若,今夜的银月叠加了明亮,在六月最后的日子,我可以想象寂寥的深巷,有着怎样的氤氲,怎样的眷念和梦寐的祈盼。

寻梦,撑一抹幽婉的明月、缱绻似水的柔情。倘若,粉紫的丁香消失在陈旧的雨巷,思想越过唐宋,我可以想到"南朝四百八十寺,多少楼台烟雨中。"的诗句心不觉空颤颤的寂寥,我走不出濛濛的烟雨,更唱不出一颗清亮的泪滴。

也许,一次轻落便点开一世的情缘;一次刻骨的弦动,便读出你眼瞳里潺潺的清流。

庭院深处,也许,云烟永远掩不住辗转的梦境。此刻,我似乎在梦呓中绕过袅袅的闲云,似乎闻到山外一缕沁骨的奇香,似乎看到你静坐于菩提树下。于是,我踮起脚尖,轻拎裙裾一角将整个身心轻拥你,轻拥着奇香。

那一刻,我跳动的心,感知到了极致的宁静,感知到你指间上的光芒,感知水域中七彩的波影,我的灵魂仿佛瞬间出窍,飞旋,归隐。

那一秒，白云无数一波连着一波，将我目光一寸寸的向北牵引。此时，你静若菩提。我的眼眸不愿离开，亦不愿贸然走近你，我不要在这个时刻惊扰你，惊扰你的气息，哪怕一丝风，一丝雨滴，一声轻柔的呼吸，都不要在这个时刻惊扰你。

子夜，空明幽寂，我果然听到了菩提簌簌的灵息，料想那一定是花开的声音，我的一颗蜷缩在浓浓淡淡的水汽里的心思，这一刻也缓缓舒展开来，泪水模糊了我的双眼，旋即心头涌动着柳永的《雨霖铃》"执手相看泪眼，竟无语凝噎。念去去、千里烟波，暮霭沉沉楚天阔。"哦，是谁在子夜，邀约菩提浅酌月？

谁的目光牵着我的眼帘？如果可以，心不再蜷缩，我愿越过忧伤，越过着雨丝，可我无法越过烟雨的江南，伤怀的心境。"晴如山上云，皎若云间月"汉魏六朝，多少婉约，多么凄清的韵脚犹在窗畔吹响，而我只愿隔着发黄的线装书页，遥遥地感叹着古人的痴情与伤怀，感叹着如水的月华。

哦，江南远去了，相思临近了，梅子黄熟了，谁来酝酿？谁又在啜饮一味禅茶？

远处无边的沉寂，然而，你依旧静若菩提。我依稀听见《心经》轻轻扬起"远离颠倒梦想，究竟涅盘。三世诸佛，依般若波罗蜜多故，得阿耨多罗三藐三菩提。揭谛揭谛，波罗揭谛，波罗僧揭谛，菩提萨婆诃。"也许，只有心怀纯白，洁净才能嗅到彼岸的气韵；也许，惟以静为本，心才清明，月才澄明，而咏柳的隐痛也永远只存于心，存于世界的彼岸，彼岸的世界。

夜已深，落月摇荡一叠透明的美，诗若梦来，梦若诗，我仍在潮湿的梦幻中徜徉，心却沿着月光在飞，沿着空间和回廊在飞，我穿过了冰山雪峰，越过了平平仄仄的诗意。可我能飞过了岁月的河岸吗？

谁要在世界上遇到过一次友爱的心，体会过肝胆相照的境界，就是尝到了天上人间的欢乐。"（罗曼·罗兰）

　　近日收到好友："一朵雪花白"为我即将出版的新书，篆刻朱文篆印，恭贺。一枚印章情谊之深，如早春二月，盎然春意之浓，十分感动。整个印面章法有度，自由厚重，气足神完，灵动又不失柔美，爱不释手。感激之情铭记于心。"人世间的一切荣华富贵不及一个好朋友。"（伏尔泰）新春如此馈赠，如获珍宝。蕙兰愧领何来报？惟有敬仰，感怀。怎能忘，从"雅虎"到"新浪"至今整整六七个年头好友："一朵雪花白"对我所有的诗文，拙作（近800百余首（篇）无一遗漏）一如既往，不离不弃地进行义务精心点评，怎能忘，他诚恳精妙到位，且不吝赐教与激励。如此友情令蕙兰于心为之动容，感恩。岁寒三友，有师若此，兰之幸也，今日拙句凑诗，表衷心地谢意和敬意。愿友情，愈久弥香，祝我的老朋友，岁月静好。

——题记

雪开在春外

　　你悄悄地落在窗下，绿了春的丰盈，白了半个世界，一种突如其来的暖，湿润了我的睫毛。

雪开在春外,风声鲜亮而活泼,由北向南辉煌地吹动一静斑斓的疏影,松仰面掬雪风骨傲然。哦,你这精灵在春的季节,拥有惟一的颜色,纯净,洁白。

不说,雪在象外之妖娆,不说,松枝浮动之暗香,更不说,瑞雪丰年之富庶,单说一朵雪花的纯白,思想的站立就足矣。

生命之中最纯的纯色,人生中,最真,最纯粹的情谊,春中最美的色彩,便是你,一朵雪花白透亮的精魂,透亮的世界。

哦,雪的高度,是心境的高度;一点灵光,一水诗泉,一个手势,便洞开人间此岸与彼岸的境遇中,最神圣的精神境界。

此刻,雪飘在春外,碎落的柔软凝定我思维的闸门。然而,纯白的灵魂属于冬,超然于冬;你属于远阔,却又超拔于空,博大于空。

芝兰一抹,蕙心一片,更喜雪松赠高洁。温静的春,无需揣度雪的透明,只要用静默来守候,美的向度,定然落满遒劲的枝条。

注:"一朵雪花白,"邹刚乃京城才俊。品格高洁,学养宏富。诗风:格高隽永;其人品风骨,儒雅,超然;文风自成一体。尤其擅长摄影,技艺更是高妙。与蕙兰于心亦兄、亦师、亦友。瀚海扬波,翰墨神交数年。乃诗坛纯粹的真君子也。同时,又是《翰墨空谷》文学社的"元老"导师之一。(此诗为见证珍贵的友情而作)

圆,时光的手,将你紧紧握住

秋,最终将一个奇妙的圆,镌刻在时光的彼岸,彼岸的苍穹。

还有什么不能跨越的沟坎?还有什么不能逾越的沟壑?还有什么不能飞度的阴霾?

倘若,上帝将漫长的弧线切割成线段,谁能画圆?

倘若,踩着深秋沙沙的脚步只有两对半,谁能将它构建一个完美图画?我无能为力,但我愿默默祈祷,惟有默默祈祷,山高,水深流长,祈望时光的手将你紧紧握住,温暖地握住绝不轻易松开。

穿越上帝划过的弧线,你依然若磐石一样伟岸,依然神情矍铄立在秋叶上舞蹈。

尽管墨雨满天,云越垂越低,在荒芜的道路上,我看见深秋的黄叶铺满大地,忧伤的河流有了些积雪。

圆,是时光的手,惟有沿着星光划向人生的密林。

或许,是你不小心踩痛天空的额头,或许,是你太疲倦,太忘情案牍劳形,就是这样的不小心,突如其来的灾难向你袭来。命运这把刻刀啊无情地向你举起,可瞬间,瞬间又随凛冽的寒风悄然放低,跌落,碾过静寂的晚秋。

此刻,我在想,你一定是潜在深海的蛟龙,需要蛰伏,需要供

养,需要潜在万物之间,汲取天地之精气。

谁也不能将你的伟岸正气从地球上掳虐!谁也不能将一颗仁慈之心撼动!惟有适合的气场,温情的季节才能蓬勃你的生命,跋涉你的辉煌。

秋气,若一轮透明的圆月,依然有你长长的背影,静穆的黄昏里,夕阳将瑟瑟的秋风送进天空。大地一片苍茫,静谧,偶而一丝寒意,却夹杂着秋韵袅袅地丰盈着,升腾,升腾。

从北方的寒秋,到南方的斜雨穿越生命的温软,穿越时空,穿越自然,穿越星光,用璀璨与生死较量,用叙述阐释生命的微观,用存在与合理的学说,使灵魂高飞。你喜欢这样的飞翔吗?

有一种美丽,可以从地下铺到天上,又从海角温暖到天涯;有一种感动,可以蓄为能量,可上九天,下五洋。

时光在飞旋,生命是点,是圆,是线,是激越。沿着上帝的杰作在恣意,延伸足迹,在驰骋。以温暖为心,以美好为轴与自然环抱,相拥,轻轻地,恍然如梦在连绵的山崖,激荡。

注:太原正是深秋,秋意正浓。此诗敬献恩师韩石山,为祝福他身体康复而作。

谁的脚印在海风中被时光擦去

历史是巨浪，每一层是一叠时光，海在我前方的前方，每一次阅读，我的眼眸都会被你无情地灼伤。

大潮澎湃，谁的脚印在海风中被时光擦去，夕阳洒落在对面的岸，拾起一只贝壳，便捡起一段记忆，泪水顺着海岸簌簌地流淌。

九月的海，风一半是微咸，一半伤感。然而，每一个手势你可以推动一片湛蓝，比如，青花瓷在云间撞成碎片！还有什么比岁月埋葬在血管深处，还有什么被浪花冲淡人间的悲欢那样酸楚呢。

此刻，天很空，一只飞鸟跌落在海上，疼痛着我的视线，无与伦比的海啊，怒吼吧，还有什么配方能医治人类贪婪无形的欲望？

海啊，你的背影曾经是那样的妩媚，妩媚得像醉酒的娇娘。如今，远处与近处，海的世界在涛声中失去了什么？一切浮名惊世的飞沫呀，我不知到你还有什么颜色，还能耍什么花样？

面对海的静默，我凄然微微一笑，心也在灵魂深处静伏。

海啊，来一场革命的咆哮吧！最好能将所有的风沙一同洗礼！海啊，你转过脸来看看曾经被你吻过的山脉，迟归的光影和浮动的味道，是否还有清丽？海再一次缄默，我失声恸哭。

在云与波影之间，海躺着，我却从醒到睡又从睡到醒，水面仍然是深沉的静，惟有波痕拍打着怀旧的脚步，谁能告诉我，谁能告诉我，那澄澈，碧蓝被黑云笼罩到几时呢？

虹彩的约定

——北方记事组诗(一)

第一次握手的美丽

梅竹松影,东篱听雪月禅茶,箭扣的苍凉早已在我心中驻扎。

千年的神交,一个梦境,一生难忘。

晓风浸染层林醉,一片秋在心弦上叩响,还有月上窗棂,一地清辉写满的灵动。不用相认,彼此的气息早已在身后。

或许,曾经的遥望,若一池静月。为了昨日挂着的梦影,我们抹上秋色,彼此作了许久许久的祈盼。

或许,惟有今日向北追寻,才能一步一步地走近你,走近世界,走近最柔美的光影,或许,惟有深远才能演绎友情的绵长。

怀想是历史的记忆,将一种邈远一寸寸拉近。

当缤纷的花朵结成果实之前,生命服从心,心服从自然,自然将一瓣鲜活挤压成泪水,一滴滴顺着时光的眼角流淌。

继而,浓缩万年方可酿就一个机缘,一个心愿。

于是,我选择在诗的季节里贴近京秋,与你问茶茗月,与你凝眸,与你心灵咏唱。

第一次相见，心颤动，天地温馨，第一次握手便握住了心，握住了澎湃，握住了虹彩的约定。

心的温度在诗海里一层层地泛着特有的滋味。

穿过言语与词根的意境，风吹动心谷。

此刻，我们拥抱着一种伟大的神奇，握着秋的斑斓，彼此阅读，仰望。

注：此诗谨敬献我的老师和文友：舒洁，一朵雪花白、吉祥鸟、老巢、欣然等北方的老朋友。

蕙兰由衷地感谢你们多年来一如既往的陪伴，于心暑期行吟北京之时感激你们的厚爱、盛情款待和浓浓的情谊。

第三辑 人籁篇

海啊,我坦白为何如此爱你

沿着海的裙裾向岁月寥廓的彼岸潜行。

没有痛,没有悲伤。仿佛我从海里来,又要回到海里去那样的从容,笃定。

我钟情每一朵浪花的语言与每一寸海风的形态,当白色的泡沫与层层波痕被闲云直挂,在风的背面惟一留在人间的便是沙滩上半片脚丫。

海风抹着我的寂寥向北延伸。我轻轻地转身捧起一把沙砾,向辽远的前方投去,每一粒都如明亮的眼睛闪烁思维的光辉,每一粒都能击中郁结的山峦,每一粒都蕴藏着冷峻的能量。

望着邈远宽阔的大海,我伸展双臂,迎着那片飞抹,此刻,梦幻般如鹏鸟。海啊,我坦白,为何如此爱你,钟情你,因你的世界便是我的世界。海水是我的胆汁,我的泪啊。

每一滴都能打湿整个海岸,每一朵浪花都是海的咆哮,你的浅唱让我如泣,如痴,如醉若狂。

望着无垠的苍穹连着海面,在蔚蓝与蔚蓝相间,我想象我的前世一定是颗沙砾,海便是我的舍利。没有了海,我的魂灵便干涸,没有鹏程九万里的翅羽,不!是没有了生命。

哦,站在沙滩上,仰望海风梳拢着碧山,在风与沙之间,我惟一的愿望就是与你厮守,融化。

于是,沿着海的柔唇,用我生命的余温踩着古铜色的光线,任凭海涛一浪又一浪地鞭打,爱你,恋你我心依旧,拥着你呼啸而温暖的声音。我知道,海不属于我,但我属于大海。

面对风浪,我愿意保持静默,在黄昏来临之前吻着你大而无形气息,因为你的呼吸便是我存活的命题。

第三辑 人藏篇

夕阳如金子般迷人的光辉，一瓣轻绕在我的发际，落我的肩上，海笑了，我哭了。

——题记

"七夕"独自去看海

海是我的梦。

一个人的七夕，我选择独自去看海。撑着梦一样的风，婀娜着，惬意着，嗅着海的气息，心怀远阔而宁静。

一个既爱运动又喜静的人，看海是我最迷恋，最钟情的，因为海可以使我心绪沉静，安宁。

一个人的日子，也要优雅的活着，优雅的爱着，优雅的老去，直到有一天从容而优雅地走进墓碑。

当晚霞还剩下一抹红晕之时，我踩着浪花，伫立在海岸，我看见海水长了翅膀，我的心飞翔了，灵魂也一样飞扬起来，此刻，我仿佛看见鸥鸟在不远处低吟。

我动容了，迷醉了，震撼了，我所有的忧郁，顷刻，化为了飞沫在岩石上撞击，那一朵朵浪花开在碧蓝的天空，瞬间又回落到大地。海笑了。

当夕阳洒下金子般迷人的光辉，一瓣瓣轻绕在我的发际，落我的肩上。我哭了。

泪水打湿了蓝天一样的梦。

远处，那粼粼的光致柔柔地轻泻，仿佛是喜乐的泪水，是海天一色的鹊桥，是颤动的气息吻在时光的唇边。

近处，海风那多情的一瞥，浅浅地一眸，击溃了我所有的思念与哀愁。海懂我。

这一刻，我抑制不住驿动的心，急忙踮起脚，仰起上睫毛微微关闭，摄下着温暖人心的光影。

蓝眼泪

静静地穿越我的脉博,走向纯净的雪域,这一定是你。

在风的背后,原野的深处,雪峰在水里晃动,而你却静躺在大地的怀中。风轻轻地探着身,拥着缱绻而来的气息,将一池透明的柔波,揽入我的梦境。

水,深沉,静寂,只有相握才能传递一丝的温情。越过山谷,哦,故乡那温柔的目光早已嵌进我心。雪,细步轻盈,试图将一颗忧伤的精魂濯洗。

心,载不下无边的相思,雪融为雨,雨化为蓝色的泪水,顺着隐痛的河流远去,远去。

真想,真想化作白雪匍匐在故乡的土地,真想,真想是你怀中的一棵水草,年年岁岁与你同行。可如今的我只是一个匆匆的过客啊,我的脚步不会为风雨而停。

夜深了,那是谁?手里攥着故乡的钥匙,孤单地立于雪地,许久许久亦转不动尘封的时光,一个落雪的屋宇。

那一瞬,人流着泪,泪凝结着飘落的雪花立在睫毛上,心碎的声音从耳膜直抵灵魂深处,一种深沉的惊恐,来自生命的高度,那璀璨的纯白,忧郁的眼神和一颗孤寂的内心,使整个村庄缄默无语。

记得那年，寒风荡起，我们坐在月光中啜饮着雪花。携半块月亮，一腔情怀，万卷诗简，把梦托给了银白，银白把唯美交给了世界，世界把空灵给予了你。站在思念的对岸，我屏住呼吸，听落雪的声音，一盏古老的灯才能点亮，或许梦才有最初的萌动和苏醒。

转身又一个寒冬的季节，窗外斜雨霏霏，隔着梦幻与现实的阑珊，心迷蒙一片，伤感无法阅读离人的距离。此刻，雨幕早已低垂，寂静、暗淡。谁还恣意在这雪中痴迷？

这一刻，我情不自禁地伸手触摸，雨一线线地从山脊滴落，梦依旧静静划痕肉身和灵魂的记忆。哦，谁在翻剪着意识的潜流？谁能让我把一生的隐痛，从心的原点放下？疼痛的眼瞳里是谁？蓄满了一泓蓝色的泪滴。

第三辑 人籁篇

谁在渡口遥望

面壁九百年，一苇渡江。

从未奢望青石桥旁的那瞥回眸，已经种下一瓣素心。落地的泪珠啊，在灵境里深埋着袭人的花香。牵挂从那一刻就开始，又在无限中潜滋暗长。

苍凉的岁月仿佛一宿梦幻，每一秒的情节都能把你的气息收藏。你的身后仍然是树，是水，是田园，是素秋的寒风，吹皱飘起的时光在思念的清波荡漾。一朵玉簪花依旧那么玉洁冰清，温婉开在寂静夜幕里，祈盼星芒闪烁的一抹温暖。

一花五叶，那么谁是你眼眸里的第六瓣洁白？谁在灵息中脉脉凝望？思念的桨声总是那么邈远，飘忽。在九月的第一个傍晚，秋风无语。玉簪花披着月光的影子与你起舞相拥。

那一刻，我泪水千行。执手的时光，被鸟雀轻轻啄击剪短。

但情很温润，心很柔软，梦也很绵长。灵魂的窗口敞开与闭合，只是那一瞬足矣使两情相悦，心彼此相握，直到永恒的守望。风贴着树梢吹醒了南山，吹动了心湖，也吹开田间曾经的那片油

耕雲播月

GENG YUN BO YUE

——名家名篇

菜花香。

山外,潇潇秋雨论琵琶,那枚泛着淡青的沙枣还在孕育着涩涩酸酸。

一串相思的红豆尚未成果,香樟依旧。唯有篱笆墙外的小土屋还在风中恬淡。

此刻,我将氤氲的泪水装满衣袖。站在辽阔的田野,依稀看见一个背影被夕阳拉长。

扁舟轻棹,沿溪而远行此刻,谁又在渡口遥望。

清明的敬礼

"云的一生就是分别与重逢,就是泪与笑。"

——纪伯伦

我不知道是你是谁的孩子,亦不知你是如何来到这个世界。

母爱是一个温暖的动词,我知道你寻求了半个世纪。远去的桨声,依稀划着离人的清泪。岁月一声叹息抖落了 40 个春秋华年。青春在咳嗽中退去了斑斓的颜色,而你却依然守着人世间的爱。

每一个春暖花开的季节,每一个雪线的日子,每一个梦幻暮霭。春枝,都无法点燃一瓣孝心。哦,那是谁家的女子在回眸大地,回眸故乡的柔情,回眸老屋檐上的瓦片?哪怕是一丝的温情,你都会毫不犹豫的透支生命去获取。

又到了清明,你来到故乡的深处,站在雨中徘徊,哭泣。希翼,舀一瓢风中的雨,抹一抹噙满一眶的泪滴。

祈望这泪,这雨,这水一样光亮的世界。顷刻,绽放成一朵粉白色的小花,扦插在冰凉的坟冢,扦插在温软的心间,扦插在这世界上最拥挤的地方,表达一个无家可归女儿的敬礼。

算人间,生离死别,此番尤苦。万唤千呼亲不返,泪洒心路,肠断肝裂未驻,怎奈哀思难诉。清明时节让我们一起缅怀仙去的亲人,愿他们在天堂里一切安好!

鼓浪屿记事之一

巧稚,一叠爱的慈光

一艘古老的渔船,越过时光的波澜,晃晃摇摇地将你载入人间。单薄而温静的你,宛若岛屿上的一束光芒。清朗而温暖。50年的医疗生涯,一个瘦而娇小的身影,一轮一轮地投射在阳光之上。你是世上的光,若世上的盐,若骨头一样的根,执着地扎在古榕树下。

几度春秋,春秋几度,仍然生着繁茂的枝叶,浓浓的暖意,你用全部生命,全部柔情,全部的爱,质朴的姿态普照着大地。

哦,巧稚,你心很柔软,情很温纯,你柔弱,稚气,却是产科的开拓者,你有榕树一样的胸襟,眼瞳若星璨,放出一叠慈光,一颗透明的爱心镌刻在医学史册,世纪的古墙。

童真的巧稚哦,你如玛利亚一样圣洁。5万多个婴孩,是5万个太阳,是你给人间绘出的金色,是你用柔指为世界种下5万朵鲜活的花;你蕴育了5万多推动人类摇篮的双手,你缔造了一个个伟大,傲岸的人子。

哦,万婴之母的巧稚,你安详了半个世纪,你微笑了半个世纪。你驭着着像云一样的翅羽,端坐在岛屿。

你的笑靥依旧在梦里璀璨,此刻,黄昏已近,我却不愿离岛,我试图恳求海面作响的桨声,静点,再静点,恳求月儿,慢点,再慢点,恳求浪花,柔些,再柔些,轻轻地拍打,不要吵醒安睡的她啊⋯⋯

注:林巧稚(1901——1983),医学家。中国妇产科的主要开拓者,奠基人之一。被尊称:"万婴之母"、"生命天使"和"中国医学圣母"。

站在历史的高度为你讴歌

——为辛亥革命主题公园而作

我愿触摸你的伤痛，成就一场思想的聚会，人文的聚会；回望20世纪漫长的岁月。

"天下滔滔，似乎不可挽澜，其实那只不过是冰山一角，革命需要飓风与霹雳。"

每一个夜晚都将成为过去，每一个烽烟与血腥都将震惊寰宇。

历史的巨变使我们艰难曲折，辛亥革命一声炮响，建立了中华民国，千年的帝制被推翻。

国父，先驱，第一伟人，你驭着20世纪的风走在时代最前列。

辛亥革命主题公园，惟有触动世界华人的灵魂，惟有弘扬辛亥精神，振兴中华民族才有远意。惟有民族团结，和谐世界，中华民族伟大复兴才是终极的践行。

《礼记》中有"大道之行也，天下为公"。而你便是坚定实践者——伟大的民主革命先驱。

你大声疾呼"亟拯斯民于水火，切扶大厦之将倾"辛亥革命

一时间将整个世界震惊。"吾志所向，一往无前，愈挫愈奋，再接再厉"

兴中会，三民主义，广州起义，惠州起义，武昌起义，同盟会，国际企业挽救民族危亡"振兴中华"的呐喊响彻屋宇。

《左传》言"非我族类，其心必异"之说，认同血缘，细数历史波润，践行。

敢闯、敢干、敢试，敢为天下先的大无畏的精神极具爆发力、原创力。民主、自由、平等、博爱之人文精神，深入人心。

此刻，我怀揣着一颗敬畏之心，将记忆的碎片，随着岁月叠加淘洗；我振臂高呼要和平不要战争。"主题公园"让我们领略为实现中山先生振兴中华的深切夙愿。

站在历史的高度审视，为你讴歌。站在时代的屋宇回望两岸，用我们同胞的深情和泪水，抚平历史的创伤，迈开中国历史进程，世界的屋脊。

虹彩的约定

——北方记事组诗(二)

老舍茶馆里问茶

一杯茶,千瓣香,风抚心,万般清芬韵天籁。

让一切从纯净开始吧。八月,我们静坐在古朴,典雅的老舍茶馆。

四周透着十足的京味,三楼的包厢,木制的廊窗,玻璃杯与盖碗,各式宫灯将古典的韵律高高悬挂。

在这个温柔的季节,我和你很近,你和茶很近,茶与世界很近,我们背靠着木椅,宛若岁月蘸着秋水轻轻地摹写,融化成曲。清瘦的平仄终于找到精神的乐坊。

谁在咏叹文字的春秋?大鼓评书谁在弹唱?谁啜着阳光?秋让来不及忧伤的日月,躲进了玉壶。当一枚茶叶跳动在杯影里,清亮的玻璃,瞬间组合成一幅幅皮影戏的图画。

这时,你亦可以想象那轻盈而氤氲的一片,或许可以牵着苍穹,或许可以是梦,可以是飞?

第三辑 人物篇

茶与杯的淡定，见证了水与叶交融的形态。满屋的妙香透着宋词的气韵，弥撒在茶馆的一隅，弥撒在月下。

然而所有的寓言，灵性与厚重生命都融化在这净水里，每一双眼眸都审视自己的内心。君子之怀，秉德于茶，茶与诗，秉德于心。

那一刻，攒眉千度，仿佛一掬静落在手，落在心，落在浅浅的小溪。沿着柔软的光，隔着透明的平面，我敬畏地看着杯里的一芽沉寂，升腾，升腾，落体，直到夜色落在面颊，于是，我嗅着深长的馨香沉思：辽远的秋歌和眼前渐渐消融的影像。

"我的听觉迟钝,只听到喧闹和呼喊。可是现在,我能倾听寂静。

在心灵告诫我之前,我的焦渴已变为我的饮料,我的孤独已变为我的微醉。但在这永不熄灭的燃烧中却有永不消失的快乐。"

——纪伯伦

玫瑰书简

一抹淡紫,飘过心畔,那透明的花瓣,带着迷离,带着缱绻,带着温情,幻为一只梦蝶栖息在我指间。浮生梦絮,我惊恐梦醒今宵,那堪细数。于是,在二月最后的子夜,薄雾笼罩白鹭洲之外,我虚构了"29"这个象、数、理。

倘若,时光通透,能一秒偎依你的臂弯,你就是不灭的信念,我的帝国,我的山河锦绣。此刻,借时空的晕轮,我低眉述求三生隔世情缘,在灵魂出尘飞逸的瞬间凝固。祈愿,叶间每一角凝红投进我的灵魂,把我灼红,让花气弥漫,升起。

在黑与黑夜之间,我悄然将一轮轮光晕折叠,蘸着月色书写,用一个图腾一闪爱的情节。乘一抹诗意,在光与光晕之间。

回眸吗？心疼.梦归几世,等你,横渡二十四桥的柔情。

敲碎白昼,红墙背面是宁静的墨色。春半,梦还来不急深远。爱人,我愿把失血的容颜,一脉锁骨点燃,作为答谢你的惠泽。彼时,我屏住呼吸,任血液在呼啸,在这夜,我愿用掌纹和你凝眸凝视,用一点粉唇与你对角遥望。

然而,一个转折.梦被惊醒。躺在缠绵的意象上,惟有用思念来绣一生境界与敬仰。

说,你的丰腴与华美如夜色一样羞赧,说,梦无痕,寂静乃天音;说,无春的枝头,鸟儿在抽泣。静谧吗?

走过一季,便是一世。爱人,我的灵魂永存你温软的抚摩,你的脉搏有我揉动的六弦。然而,翻开浅梦,那种不言,不殇,怎能不奔涌,不剔骨的疼痛?

在春的重影之下,我在想,你纵有千瓣紫亦是忧伤的色彩。或许,伟大的生命注定永远孤独而旖旎。哦,紫色的玫瑰!生命无需太多喧闹,或许,一杯春心,便能静寂而生动你和我永恒的清气。

墓志铭

一朵来自江南的红英,静静地化为一枚思维的石头。

生,似白莲纯净,似幽兰静雅;死如一只鸥鸟,读一座山岚。

恬淡地依恋着深深的海洋,浅浅的心岸。卑微的灵魂端坐于水,不灭的精神遨游日月光华,然后,柔软地着陆。

一生清和,磊落,宁静,淡然。

此刻,她深情地捧着生前浓浓的诗意,安静在海底沉潜,轻轻的徜徉。

时光三叠

想你的时候　美到心痛(一)

想你的时候,我会独自冲一杯绿茶恬静地坐着不动。

想你的时候,采一瓣茶叶含在唇里温柔,让那清清幽幽的香气融在我血浆里恣意行走。从此,我的生命里有了活水的源头和信念的固守。

想你的时候,我会启窗默守一世春秋。

听一半明月开出的花朵,读一座山的灵秀。梦里的小舟啊,你尽情地徜徉在我的心波。

想你的时候,我会崇敬地靠在时光的肩头,不敢转身,那时空的风里有你凄清的柔和。

哦,我不愿披着星星离去,我要守候你拥着我,站在岁月的背后。

想你的时候,美到心痛。

一地槐香（二）

鸟儿啄碎一地槐香，弥散。

生命在最炽热的季节里交出一层粉白的颜色。拿什么来点缀阳光下的诗意。

人在辽远的河岸，月在独语。

记忆的绿影失落在时光的草间。燕子翩然辞别春时的残红，斜长的青柳隐在四面的木桥之下。

现在还叹息什么？生命的音乐盒里还能拉出唯美的旋律？

或许，唯有槐花才能永远守住我的一寸魂灵。

把寂寥交出　来一次自然地出走（三）

那一天，野雏菊的幽香散落在我的窗畔。

我轻轻地把寂寥交出　来一次自然地出走。

天宇，载着密密的星子向外延伸。夜，伤感地笼罩着这一角静寂。

月，徘徊在墨云的背面，迷茫的星空抖落一层结痂的伤痕。

那一天，这掬静谧让所有的鸟儿失语。

那一天，我和你近得如指间与掌心的距离，但缠绵又隔了半个世纪。

缈远，山依旧挺拔清瘦，近处，水软得若绸缎般令人流泪窒息。

此刻，心淡如菊。七月，梦远，迷离。

那朵隔世的桃花

今夜,我默默地静坐在这黑夜,固守着我栖息的土地,遥想树稍上挂着那半轮月华。

听,暮霭在细雨里斜飞,抚摸着一粒粒熟睡的种籽,用冷寂的心和那颗,还没有最后泯灭的火种来燃烧,

我不知道,会不会把你灼痛?

我在想,春来了,你的生命能否绿透一个世界?能否与我一同灵息相拥,能否如约地萌芽?

倘若千年之后,你还在梦里蹒跚,在泥土里挣扎;倘若万年之久,你仍然静穆地蛰伏在地下。

那么,我愿意是一座墓碑,用心一生一世在泥土里与你相伴。

当春雪在我睫毛上蠕动着白色的冰霜之时,我试想用一滴清泪按下眼睛的快门,摄下这绝美的料峭春寒,把春天写成往日的忧伤。

然而,风静止不动,只有屋檐的雨滴滴嗒嗒述说着空寂,

此刻,在风的背后,我的心没有走远,依然为你守着约祈愿,祈愿醒来的生命意识,

祈愿这湿漉漉的泥土冲破思维的空间,祈愿你在春的季节里如隔世的桃花,竞放那朵辉煌。

唯有你,是我一世的情郎

当第七枚星子从深海浮起,我孤独的心从此得以永生。

七百七十万年了,你用伟岸的身躯穿越连绵的群山,飘雪的冰峰,蓝色的雨帘,从一片云层到另一片云层。直到天空岑寂。

踏着平平仄仄的诗意,你逆流而上,执着地激越在黄昏地平线向我靠近。天空繁星闪烁,每一枚都生动在郊外,年迈的山崖依着松柏,吹鼓手们,喘着粗气,大义凛然地卖弄华贵的辞藻,唯有你——第七枚星子,冷峻的脸庞,梦一样的眸子注视着这个纷繁的星空。

漆黑的夜晚,你将忧伤的心灵,隐遁在苍凉的天际。

雪,埋入尘土,岁月在寂寥中奔流,我从青春的密林深处,跌跌撞撞的涉水而来,没有人发现我的存在,我孤零零地,孤零零地立在微雨之中,幻想着光明。此刻,黑暗的雨幕里恍惚有一枚星子,闪动着睫毛与我凝眸。那一秒,我眼里噙满了泪水。

或许,一个精神洁癖的人,为了爱,宁愿选择啃一块廉价的面包,高昂的站在人群中,豪迈地抵御围观者异样的目光,不屑的礼遇;或许,一个思想的歌者,宁愿选择站在坟茔哭泣,也绝不跪着堆笑;一个诗者何须随人俯仰,何惧尘世的风暴。

心啊，有你就有诗，有诗心便会强大，你是世界，诗的世界，诗的国王，是我一世的情郎。

夜深沉，你怜爱的捧着我的内心，坚定的对我诉说：谁能在星光下度过比诗更诗意的生命，谁就蒙福。有诗能璀璨，就能热烈，就有温暖，有诗，你就不会迷惘，你的灵魂就不再流浪。

我隐约谛视，星光沐浴在大地，月色压抑城市的呼吸，碾过世纪苍茫.寒枝上梅朵在寂静的石块里盛开，我拽着一角星光俯在耳垂，喃喃地应允。

此刻，我不顾一切地冲进雨幕，静静地揽着，将悲伤湿漉漉地埋在你广阔的胸膛，泪，顷刻化为星子，深情而温存的融合在这静夜。

山岚寂寞，水在细语，你坐在云间，光芒散在地上。你用浑身的气力营造一个强大的气场，唱出人世间最柔美的欢歌，而这厚重的声线仿佛从亘古的溪流到荒原。

我像一条脱水的小鱼儿及时得到水的亲吻，拯救。看着你隽永的模样，心很温暖，四目相视，同时莞尔。这就是诗的能量，它滋润着干涸的灵魂，干涸的世界。

风寂了，唯有你——这第七枚星子永恒地嵌在我的心底。

耕耘播月

GENG YUN BO YUE

名家名篇

"想你的时候有些幸福,幸福得有些难过。"

——纪伯伦

五月,轻挽流动的麦穗

思想从未离开过村庄,相信你在田野等我,可忧郁的我却静默在苹果树下,观望一息风,能否从一片子挪移到另一片,然后,将斑驳飞度,看光的向度,能否倾斜的照耀在苹果的面颊,或中轴线上。

黄莺不相识,深树听琵琶。昨日的静,为的是明天的饱满。此或彼,长或短,深或浅,用手心丈量,是距离亦不是距离,唯有同阳光笑吻,生命才可以暖而芳菲。

或没能与你盟约,无论在哪里,我不敢转身。五月的麦穗没整齐,然而,情绪在闪动,伤感躲闪在窗外。田地的麦浪随风舞蹈,村头,麦仁已经在骨血里待产,不信,捧一粒青黄,在幽娴的太阳下便可以揉出清甜的麦浆。

黄昏展开寥廓,绛红的晚霞由远及近,泻在山林,衬着我的脸。看呐,麦子生动在田头,风提前入睡,满天的星子在树杈上晃动,一片橙黄的影,像一首明净诗,意象丰腴而透明。

五月的麦子,你收敛了几束逆光变得十分谦和,在轻柔的光辉下，你用破土的涌动与夏虫深情地合唱。那一刻，世界征服了你，还是整个世界被你磁性的声线而征服。

站在麦浪面前，还需要观望吗？你流动而沉静气质，足以让我痴迷，所有至高的渴望，顷刻沦陷。

心与心在清芬中交融，你懂，无需密语，漫然，泪水浇灌了三世的孤傲，我们起身，横过群山的肩，伴月色奔跑，谁忘了矜持，挽住流动的麦穗。

六　月

六月,娇红嫩绿,江南正处梅雨季节,我无法与桃李同笑,心早已划向悠远无穷的你。六月,你以柔媚的气息,让我感知你大气、芬芳与寂静。

六月,你款款向我走来,深情袅袅,若雨中的那朵海棠自然开合。有一颗玲珑的心,颤动在月下,我相信,你懂。

黄昏,晓风在灯火阑珊深处散步,而我恍惚在新旧交织中迷失一段记忆。你的轮廓模糊在我清晰的视网膜中。往日的光笼罩着我,如这海棠亲近的姿态,依旧静在雨中,这让我忧伤的感动,泪水暖暖地趴趴横流。

六月,梅雨在氤氲中散发静宁的生机,城市还在深红与青石中浅睡。此刻的我,身要远行,心在感念与依托中缄默。

沉寂的夜啊,我不能想象,心没有了思念,能湿漉漉的植下一种不可抵抗的深情。如果,时间可以逆转,可以穿越青春,可以穿越时光,我情愿穿越生命涌动的五分之一去沐浴这六月。

我们的目光彼此交错,六月,你用柔情的眸子目送我的背影。尽管梅子黄时雨,纯净而清亮,那是白天的美,夜的情景仍然凄迷。那朵雨中的海棠,依旧窥视漆黑的夜空,花朵活泼,温柔,枝头莹莹的泪珠,妩媚一个生命的本体,熠烁我心。

我想象,海棠依然透视着深空。这夜的影将去,我心里的黑夜也将逝去,你会将我的风骨清举么?

栀子花一样的姑娘

在复旦的每一天,总想与夏虫散步。

尽管骄阳似火,但草坪上的绿意抓住了我的眼,阳光下,我发现了栀子一样纯白的姑娘,透着诗一般气息,光阴如夕阳的柔美与哀愁,飘舞云间。

此刻,所有的鲜妍把世界调成六月阳光一样通透,水一样气质姑娘的芳香移动我的文思,我低垂眼眸与栀子一起生动地微笑着,凝视着,世界亦在凝视一朵,盛开在隽永之上勃发而契合的花朵,仿佛我们在相遇中的短歌。

第四辑:植物篇

——本草诗魂，辞于心

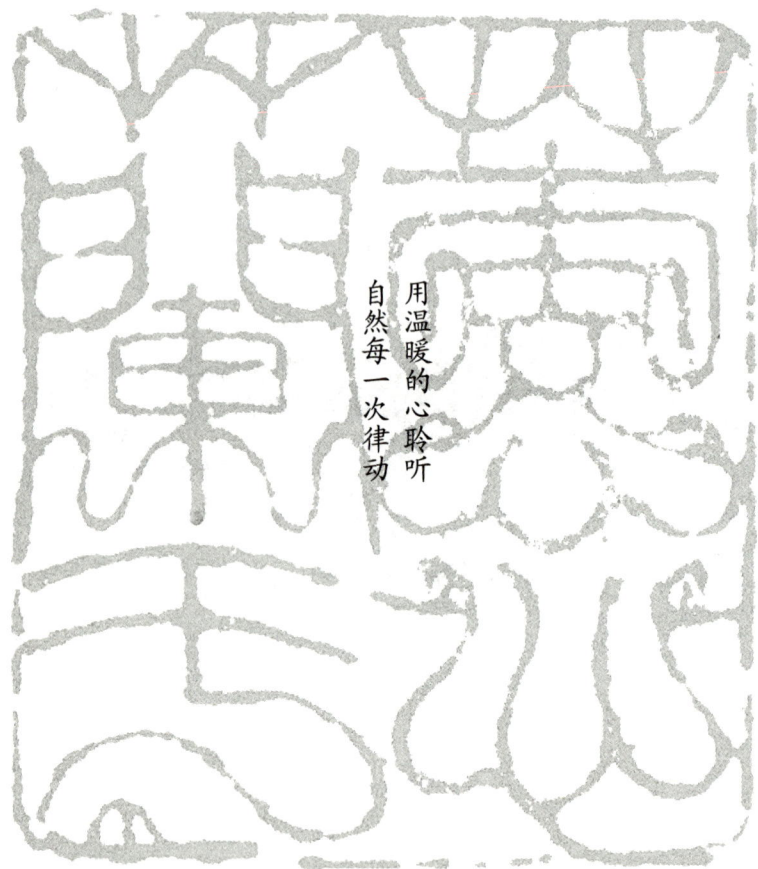

用温暖的心聆听

自然每一次律动

冬红果

何止是万年,夏去,秋落,时空倒转,一梦,冬便立在窗棂。

我知道,你会选择这个季节,等我。

没有刻意亦没有渲染,或许,这就是三世的缘定。面对彼岸的冰雪,我想象——冬红果,你这嫣红,竟然一夜将天空的蔚蓝,寸寸割裂,燃成舍利,但精魂与风骨最后傲然的皈依大地。

风的肌体在空中撕裂着,打着旋。在我的身后,在石泉边,天宇低低对"永恒理念"的阐释做了合理的追诉。我想象,人类的善和恶,若悬在空中的枝,能否修成正果?而你——冬红果这般景观定然,属于天地之大美。

仰望你通透的心灵,我满目潸然,躬身匍匐,泪水渗透在乡间的土地,于是,我虔诚地对你说:我要用全部的生命揽住这树嫣红,揽住这茎涌动脉搏,揽住这爱与生命所有的自然而然,然后进入最美妙的幻境。

我知道,你会选择这样季节,与我相约。

尽管是寒冬,夜,静穆地睡了,但你的眼瞳醒着,轻轻擦亮漆黑的幕帘,此时,我们的对话有了浓度。

在这最美,最疼,最寂静的时刻,就你和我,席地静坐。读,岁

月投下伤痕的光，读，星子投下的微紫，读，瘦月流泻的味道和半帘氤氲的梦境。

这夜，静极——谁在喟叹？谁在叩动万里的寒风？抬眼，夜在高处，澄净的血液地将一树玲珑，一树透明的红，在远山，静放。这一刻，所有的光辉仿佛从亘古走来，聚成一个圆，一点柔唇。

我知道，你会选择这样季节来疼我，念我，灵慧我。

冬红果，你这艳丽的宝石，大义凛然的镶在黑暗的夜空，开在云端。开在静谧的枝头。

月，驮着一瓣淡淡的光致，在这无影的世界，为你，我愿用灵魂守住这树骨血，守住这鲜活的红，心静坐，彼此握着幽幽的暖意与寂寞。

莲的心事　谁采摘

携一波寥廓，挑开旖旎的夕阳信步。彼岸，满池荷香，月入我怀的世界一片静寂。

时光在水的怀抱逐渐疲惫，远去。

忧伤的颜色总是那么净白，通透在月色里静定。

风吹过黄昏的血色，谁在低吟？一尾鱼儿拨弄着一抹清荷，氤氲氲氲的水汽隔开尘世的情缘，水却奇异地永存了你的隐遁。

莲的心事，抖落在寂寥的夏夜，像闲云邈远，浮动，将远山朦胧成一泓黛色般的禅机。

莲的心事，湿漉漉地在每一寸莲叶上滚动，在岁月里漂流。

莲的心事，安居在天，在地，在心与心之间。这圣洁的心思，纯净的白哦，能否执掌着一个恒久的夏季？河图静默，莲的心事谁采摘？

冰冷的额头，纯白的肌理，谁在颠覆湍急之下清和？久远的寂寞与隐秘？

或许，凌波的脚步总是伴着笛声，仰望不到一颗隔世的星子。

或许，伟大的灵魂永远注定要这样孤寂；或许，惟一的幻灭便

第四辑　植物篇

是今夜的倾述与幽韵的弦响。

此刻，莲无语，你却被月白洗净。

莲的心事，大约凝固了我们的缄默。落月摇荡，请允许我雕刻着一个强大的梦境，时光里的惊弦诠释一个古老的寓言。

那一夜，我仿佛嗅到夏雨般的味道和那缠绵的呓语。

叶子在飞翔中梦归

有一个梦，一直不愿醒来。

时光的巨手，推动世际的摇篮。生命与叶子共同诞生。

哲学走出洞穴，你以叶子的形态，走进波澜壮阔的世间。在梦的边缘，在泉石的缝隙，在寥廓的空宇。你无声无息地生长。

也许你拥有一颗胸怀万象之心，思维着如何让灵魂远走高远，让爱悄然降临。

在平静的季节里，你不羁的魂魄从冰川漂泊，继而又飞落，缀成一脉静与汹涌。此刻，我选择谛听。

夜，每一个空间都在静穆中沉寂，山外，雨的背后，有一朵白色的花瓣扇动它忧伤的眼眸。

叶子，你点着碎步，从辉煌的北回归线到南，枕波而居，喘着带血的气息，羁旅在九月的河岸。紫色的月光揉碎你每一条，透明而奔腾的脉搏。于是，你载着激越，从流动的雪山，到静止的峡谷，生命在前进。

翻过一条小路的泥泞，你在需要的时段，切割自己的血脉，流淌着生命的鲜活。时而，蓬勃，时而，聚合，时而，图腾，风干凝为化石。最后，归于苍凉的大地。很悲壮，也很孤寂。

梦,悠长而厚重。我看到了叶子用相等的速度,自旋。仿佛每一个王朝都有你的影子。世上没有一片相同的叶子,然而,今晚如水的月下,我却嗅到了相同的呼吸。

叶子的一生,没有轻灵的幻想,它在最寒冷的季节陆地,在最陌生的旷野梦归。这缘于七分同声的相应,三分同气之相求。它从风中泛红,到雪中颤栗,直至死亡在枝干上只不过是回眸的那秒。而在泥土的罅隙中,我却听到了,叶子在腐烂中呻吟。

仰天长啸,叶子,总是栖伏在灵魂中,有时会飞、或轻如羽毛,或重若尘埃,沉甸甸的默然。无论多远,你的手臂总能牵着我的心。

从一毫米入手,我选择阅读,阅读,叶子伏在泉边的耳语,阅读,叶子噙着泪放歌的微笑。

在窗外的世界,我想象,叶子被风浓缩成一座廊桥。而廊桥的这边,有半泓波影,廊桥的那边,是半波涌动的泪滴。

根与花

"爱直到分别的时刻,才知道自己的深度。"

——纪伯伦

用五片花瓣构建了一生,简约的外表,清新的气质,淡然的花香袭人。你的名字叫"鸡蛋花"。

当花开落叶之后,光秃秃的枝干,自然弯曲,你悠然地用蛋清般通透,连成的月色镶在叶脉的边缘。你没有神秘的传说,没有史诗的经典,亦没有柳永的婉约。唯有高贵的伤感,唯有根与月白之间啄出的浓与淡。

花的元素色彩,朴素,清浅,平凡的没有一丝斑斓,花影之间只有掌纹的距离,但灵魂可以跨越时空而飞。

一片寂静,唯有对面的树林。

远处,河水泛着银光如丝绸般柔软的美丽。而山前的榕树贴着大地,形态质朴而生动。

我回眸望去,根的质感,拉长了月光陈铺的夜空,气象开阔,同时,凸显"鸡蛋花"与根相生的特质。

回到生命依恋的土地,根就这样被"鸡蛋花"的柔弱与韧性迷离,征服,被她的净白征服,被她的简约征服。

假如，根的生命与花不能密而平行地生长，轮生、复活。那么，他们的魂灵一定会逃离我们的视线，我们的土地，我们的星球。

彼时，我看到两岸的夹竹桃，三叶草倒在河水的胸膛，叶面枯萎与倾斜，可他们依然面向遥远的彼岸，闪着永恒的光辉。

于是，我朝南方的背面奔去，静穆，虔诚地合十双手，匍匐在泥土之上吮吸，祈求"九个太阳"的光芒。

谁能告诉我？心若在璀璨中死去，你眸子飘洒的泪滴，能否淹没尘世的哀愁？

但我甘愿三生为纯白沦陷，甘愿将心与泪沉静，甘愿汲取明月之澄澈，三世为你膜拜，蹁跹。"日月还复周，我不再阳"。用时光搜索你的影子，含泪种下一缕诗魂。此刻，我甘愿将生命化为水，酝酿成一首诗，一个韵脚，一支音符，一杯绿茶，敬献给你，我的纯白，我的爱人！

携淡泊之心，然后我们在宁寂的意境中对接。在梦里，在灵魂的高地，吹着芦笛应和自然与宁静。

竹语残梦

与风有约,载着一夜梦远航,洞开岁月的涟漪,夜,如花朵渐次打开,又如古老的竹笛从眼里流出一脉,江南的月影,流出一窗,氤氲寒雨和一泓的明澈与凄清。

或许,剪不断,梦中的竹影,或许,感伤的情怀在朦胧中风干,弥散,远去。穿过世纪的密林,穿过唐宋词韵。

我恍惚在倾听,窗外的竹林卷起,这丝竹,这浑厚,这夜,那重重的幕帘,轻轻地将每一个凄然而委婉的音符,从洞孔里放响。然后,又投影到沉寂的夜幕的光辉之中。

思念,犹如半粒紫色的葡萄,流着酸涩甜软的泪滴。我想,那便是深远的梦,邈远的影,或许是生命中走失的星光,在燃烧,在变奏。

生命般若泉水在血管里舞蹈,梦,从未退落,没有续集,惟有燃烧的血液在碎裂,而我似乎随着流走的竹笛声,灵魂缓缓在出窍,分离,聚合,聚合,分离,洗礼。最终化为舍利,火光,碎石。燃烧的灵魂不需要拯救。

今夜,我抱紧所有的悲伤,在这个没有星星的梦里,没有恐惧,没有失落,没有忧郁,惟有灵魂从左到右开始记录着,记录着

第四桥:植物篇

生命的恬静和淡然的情节。

夜深了，在这个初冬的季节，远处，江南的竹笛飘过无数的纽石，飘过河岸，低低地细语，静静地绕过我的梦境，绕过我的魂灵。深深地，深深地触摸着一颗孤寂而欣喜的心灵。

此刻，我很想，很想为你飘一场雨雪，很想很想采集一片竹叶与你和上一曲。

然而，我依稀地看到，你立在没有风雪的夜。这一刻，风把黑暗背走，夜与天空醒着，我也醒着，笛声袅袅。而我，愿将一枕湿漉漉的清芬留守。

那首梅

风,像时光的手,暖而寒冷,梦,驮着那掬静,游走在泛着暗香的线装书缝间,近而寥廓。

翻开一朵嫣红的花瓣,每瓣都是一首婉约的宋词,一段沈园的悲情,平仄两阙生死哀伤,放翁黯然地绝唱,魂断古老的宫墙。

深秋了,雨落在前世的池台,那袅袅的凄凉如时空投下的影,漫步在瘦长而潮湿的小巷,如一卷黑白的胶片在我的视线里,时近时远。

转身亘古远去。当梅香,随着寒霜弥散大地的瞬间,有一只白鸽在天空恸哭地飞翔。

杏黄的大地蕴着晚秋的沉寂。山后,芭蕉亦渐渐枯萎,站在时光的河岸,谁在静穆地倚栏眺望:

孤山梅信息,数朵放南枝。

风荡暗香送,月行疏影随。

是谁,撑着如水的明月在打捞属于你和我的婉曲?是谁,在回望伤逝的点点残红和那远去的鸿影?

翻开寒夜,在涅槃自己浑沌的同时,我只想轻轻地捧着你静听,光阴的味道,静听,冷月长歌,静听,落梅的声息;阅读,这样的

凄婉，这样温存的真，这样香软的柔；咀嚼，这渺远的岁月和一指袭人的花气。

流年的渺远，梅，依然的嫣红，沈园，依然镶着婉儿的悲情，夜，依然装满无边的寂静。而我，心如碎雨。

如果时光可以调转船头，我愿三世为你，研墨，煮茶，如果，岁月是那嫣红的朵儿，我愿三生栖息你的枝头放香。

——后　记

秋日断章

蜀葵独语(一)

和好友:鲁北明月"秋天的向日葵"

我想象蜀葵吻着太阳的独语，想象你携着阳光出发的背囊里,装满了霞光。

在这清秋的田野,在这渺茫的淡泊中,是什么凝成九月的心?九月的相思?

人间九月天。

哦,无论我坐着,还是站在村口,那一地槐香的树下,唯一的是守护,守护啊。

你这蜀葵,每一株落在阳光的掌心,每一寸明黄,乃是天地赐予的华彩,每一抹余味你都能隽永那深远,邈远的祈盼,祈盼啊。

哦,蜀葵,在生命的夹角中,在狂飙般的雷鸣里,在动人心魄风雨的边缘,你这独行者之思,之悲壮,让每一对仰望的眼睛在同一方向吟唱。

秋，喜欢虔诚地抚摸你低垂的额头，星空，钟情予你蒸腾的目光。

我，惟有心跳地默默静立。

哦，永不落山的蜀葵，你眉心结出思辨的光辉，我注定要含着风和着你的节拍

会心，移步，蓦然。

在温暖的黄昏，织黎明为环，当素秋的风吹来，你种下金色远远地潜行，遁向河谷影成一半的星光。

蓝色的光和影（二）

"摘下这朵花来，拿了去罢，不要迟延！我怕它会萎谢了，掉在尘土里。"

——泰戈尔

就这滴泪，这伤情，在风中化为一朵蓝色的妖姬。岁月拖着你的光和影，融在我心。

隔着山峦，我伫立在离水源最近的村庄，恸哭了三生三世祈求你不要在尘土里消亡。在幽蓝的另一边，一颗心被一颗颤抖的心，抽搐着，疼痛着，然后静止。

此刻，时光摇曳是秋的华美，比风还轻是梦的对角。一切的感伤从对比的蓝色开始，我匍匐在大地询问：这光，这影，这梦，是寂，是澄蓝，还是一脉净？

天地无语，星子悄然隐去。蓝色的妖姬在空中升腾，什么时候，什么时候，梦也不敢拒绝这秋，这蓝，这悸动，只是敬畏地走，

敬畏地生动，敬畏地飞。

秋的深处，我在喟叹，一个虚词，一声光之曲，一首无韵之诗。是醉，是醒，是爱，还是眸子里涌动的两条婉约的河？

又是一个素秋，一片忧伤的落叶正敲着那扇古老的木窗。我依旧靠近你，靠近温暖，靠近你的斑斓。

这黄昏极静，虽是一片空茫，我在想：这无垠的蓝穹，谁也无法将它涂黑？于是，我缄默地跪在佛前轻抚，来自苍老的季节里这一束淡蓝，一束美，泪如泉涌。在这静夜，我庆幸光在心里，一直都在，蕊在，影也在。

我对月祈祷，今生今世但愿那朵飘逸而沉静的蓝啊，永远永远居住在我跳动的心房。

谷子之歌

—— 为祝贺老友：

鲁北明月《我在南方》一书出版而作

一只鸥鸟从北方飞到南方，又从南到南，回旋着为我衔来一粒谷子《我在南方》。

捧着它，我欣喜若狂。

谷子，你默默地根植于理想的土地，没有景致，没有喧哗之声，然而，你依然选择独坐在南方的杭州湾，怀想着北方的莱州湾畔。无论多少冰冷的光芒泼向你，横扫你，遭遇你，你依然站在臭水沟里微笑，依然淡定坦然。

谷子，你是微小的，质朴的，轻软的；同时，又是厚重，芒刺而强大的。你曾冷落了山脚那片油菜，亦曾灼伤过火红的山茶花。但你无怨无悔地选择了寂寥的黑夜，选择坚守宁静地港湾；选择一个恒久而独立的蕴育，选择为彼岸沉默地放歌。谷子，你经历了沉浮的冰川，终于在秋的季节有了一抹成熟的金黄。

清晨，你在我的窗畔留下了温润的气息，我醉了。哦，谷子！你橙黄的词在霜雪里浸泡，雨季中洗礼，在迷惘中坚守，在时光的梦中不停地划着暗哑的木桨。

多少春夏，多少黑夜与黑夜之间，你的手臂揉碎了一个又一个风浪，直到飓风一个手势将你彻底埋藏。

春去秋来，你终于可以探出头，仰望着蓝天，遥望着彼岸，遥望着星辰，追寻光辉的太阳！

哦，走过了凛冽的冬季，谷子的心永远澄澈，永远系着泥土的芬芳，直到生命的皈依。秋懂它的歌声与泪光。

那一刻，我仿佛听到谷子眼瞳里噙满了泪水，沿着田埂的鳞隙平静而汩汩地里流淌。

哦，谷子，你寻到了水源，田野绿了，你挺拔了，成熟了，蓬勃了。你与这秋一起寥廓，一起丰腴，一起成长。

已是九月的黄昏，清辉轻轻地沐浴着我微柔的内心，吐露着暖意. 此刻，我怀抱宁静，捧着的不是一粒谷子，而是一个秋天。

这一夜，我微微地低垂眼帘，嗅着彼岸自然中绚烂而极静的美，推开小船……

水墨木槿

那一树木槿将微笑留在春里,秋,飘落在枝桠,那淡淡的柔香残留在写意的村庄。

心如寂寂的静秋,一地伤逝。在这夜,在这雨,在这通透而灵巧的秋里。怀想与思念都是情节。

我想象水墨木槿的形态,一叶秋,一片月,一觉千年。痛在内心嘤嘤扩散。

风,翻过古老的城墙,将木槿与瘦月凝成冰凉的光致,在梦被打断之前,是谁将春的斑驳深埋?

水墨木槿,嫣红飞散。你不能声声长嚎,更不能唯唯诺诺地哭泣。

转瞬,月,在层林中浸染,秋,迷蒙了山的唇边,迷蒙了失语的秋虫,迷蒙了心的顾盼。

风,扯着远遁的声音,将涂满秋色的梦甩到苍凉的原野。

在动词的侧面,生命是无法预测的历程,一路呼啸着,喘息着。然而,心在转,穿过轮回的岁月,穿过落红的雨季,穿过寒光的泪点。

此时，木槿携一剪春的余温，温存着意绪而惆怅的秋半。

那一刻，夜色荒凉，雨仍旧斜飘，朦胧中那木槿一瓣瓣归隐大地，天亮时，划过夜空的星子亦无法快过春的失踪。我黯然，泪如雨下。

顷刻，一种痛，从灵魂深处传来。在秋打湿雨的季节里，是谁握住一抹越来越白的光线，枕着宁静，安睡在郊外的地下。

第四辑 植物篇

婆娑在风中的那只蝶兰

你从庄周飞来,婆娑在今世的风中。六月,在这个宁静的夏日,你若夕阳下飘飞的一片闲云,静落在我的窗棂。

我不知道,我的前世是否与你相约,更不知道,今世能否与你再续前缘?

但我知晓,你定会穿越古典的清泉,在时光的驿站久久伫立。

说,蝶兰,你唇瓣微粉,一身清气,说,你半直半立,蕙捧纯白,还在子夜半羞半眠。说,惊鸿一瞥,惟有在唐风宋韵里静静守候,惟有在久远的时空谛听,才能嗅到花开的声音,捡拾一指荷瓣的娇柔。

于是,心,轻轻地遁着你的气息行走,影,随着你的脉动缓缓挪移,身,试图慵懒地靠近你的气韵,惟有此时,才能沐浴你氤氲的质感与迷离。

或许,七百年的爱与忧伤,定然要归隐在这一刻的寂静。

此刻,我回眸凝视,将穷尽一生一世的温情赋予这寂寥的六月。或许,握住这一段久蛰的梦境;或许,我和你有一样静穆的形态,才会在心灵的世界不期而遇。

清辉脉脉,兰香依依,谁在弹奏亘古的岁月?这,缘于梦里拾起的那一缕紫气。

橘红色灯下的那朵白海棠

回眸,不经意便摄下你王国的版图。袅袅清风,海棠依旧。

七百年的风云,从季节里穿越,从亘古到今如光的波动,无法测量。心在你无与伦比的目光中横渡,半卷幽香瞬间种下了一个永恒的情愫。惟有心随影动。

谁亦不知,我所有的忧伤,凝固成你橘红色灯下的那朵白海棠,在梦境中斑驳,风干,羽化。

在花的世界,我没有苍凉、幽怨,只有定格绝版的玉洁,朴素地生长;在你的国度,我亦只有一束柔美的银光,而那银光便是笼罩在你书桌上的那抹恬静。

"三更月有痕"倘若,千行清泪化作一汪透明的水,融在翰墨里织绣,你若有灵犀,知是海棠于烛光下平平仄仄地峭立,翻卷,灵息。

午夜,半风缱绻。此刻,生命在窗下温暖的生动着。是谁留下一枕清芬?你书简里有海棠的气息吗?

这一刻,满屋子的幽静谁在允吸?不变的香一点一滴的沉入心底。

飘落的那朵矢车菊

那天你走失了，在春的拐弯处，石桥边，在斑驳的深巷。一夜细雨嘀嗒，河岸疯长一滩青色的芦芽，十年一觉，惟有眸子深处裸露着祈盼。

谁站在思念的码头？饮泪，是谁撕扯着史诗般古典的面容，装卸一颗柔弱而唯美的心？谁的背景里承载着人类最古老的信仰？

此刻，宁静被雨幕吻去，海在远处，水依旧是那么碧蓝，宛如幽美矢车菊的花瓣。

夜了，月亮从水上一片片淌过来，银色的涟漪接近我，接近着忧伤的景致，接近灵魂的空寂。

哦，念想穿过绛红的湿地，我拾起五月的疼痛，站在你的面前，我在你的血液里聆听一首蓝色的恋曲，千年婉转。

风撩起我长长的秀发，真想随你宿醉一场，将往日伤痛撕成碎片，将所有的思念，所有的忧郁，遗落在时光的安澜。

为了幽幽的梦幻，甘愿随你去涉水，流浪，还有那朵淡淡的蓝能否装在记忆的背囊。

勿忘我

——线装书中的那瓣馨香

剪一寸时光,阅读你的灵态,你的芬芳,

坐在庄园斜坡,拥着失去的记忆,翻开那本透着怀旧气息的线装书。

心在远远的彼岸横渡。曾经的青春在橙黄中燃烧、锁住,飘失,

飘失、锁住,燃烧直到云端,旋转一个徘徊,最后残留一缕淡淡的忧伤。

哦,勿忘我哟——时光缱绻着你的清梦,我嗅到了誓言,爱的况味。

相思的年轮推动着两颗颤动的心,心泪满面如碾碎的葡萄散落一地的凄清。

远处,桨声轮回了谁的情缘?在无法触摸清晰与朦胧,我选择静谧的梦境。

哦,勿忘我哦,岁月一个手势便风干了你,沉寂了你。在五月的风里,在每一个悸动的梦怀、湖畔,一颗心生生世世地期待着平

平仄仄的斑斓。

此刻,怅望云天,银月驮着亘古的苍茫,涉水挂窗,瞬间又将你浸泡在生命的杯盏。

午夜时分,梦没有回声,亦不再敲打那扇思念的门环。

哦,勿忘我,你躺在时空的皱褶里,依然那么的透明,泛着静美,这静美的叫人心痛。

哦,久远了,那是一个青春的梦幻,千年的氤氲,当你蓦然之时,我泪已潸然。而这一刻,我只想撑一水月色,归隐竹乡。

灵 芝

——你是"还魂草"吗？

在山的背面，我安静地坐在绛珠河畔，呼吸着潮湿的空气，期待一个涉水的背影

一千年，二千年，岁月打磨着我的形态，时光在我面颊任意捻动，但梦境无法打磨一个永恒的意念。

不知谁为你遮挡风？我徘徊在黄昏，在四月，心试图乘月泛江，紧握你的手。

用简约的方式来亲近你，亲近你包孕的气韵，抵达在逶迤的梦幻中。

你是"还魂草"吗？是大地的泪珠，还是琥珀的凝露？

当飘动的雨帘笼罩着山崖，我看到一片叶子依旧葳蕤茂盛，尘世的诱惑丝毫动撼动不了你的精魂，你的定力；你依旧气定神闲地将高昂的头颅埋在密林。

哦，你的安静让我羞愧又使我迷醉。

于是，我试图从每一寸土壤飘荡到"故瑶之山"试图徜徉在群峰之间，试图用心烫平你思念的沧桑。

哦,走近你的那一刻,恍若牵引了一个隔世的清梦,

在这个不眠之夜,细雨嘀嘀嗒嗒地放大着爱的弧线,叩击着生命的能量

顷刻,我的心归于空寂,不再一贫如洗,不再失魂落魄,不再忧伤。

在雨幕里,谁捧着一扇银月般的灵芝,挥手在彼岸。

注:作者六次深入广东清远千年瑶寨,聆听民俗文化让生命作一次深呼吸

路过那棵红豆杉

裙裾一样的叶子在空中伸展。

通透、邈远。惟有一寸嫩绿吻着晚霞的唇角。

天空微醉,比肩的吊脚楼在我身后隐现。

数峰流语,云在行吟。我无法抗拒你蓬勃的魅力与感召。

于是,心追寻着思念的味道,殷红般的身影,凝眸,偎依,静坐。也许,所有的岁月在斑驳中蚕食心底最深沉的记忆,也许,所有的忧伤都昭示着前世的牵引,也许,牵引的今生是我注定要在临近的河流与迷远契合。

哦,倘若,渐行渐远的心,告诉我一个怀想的简史。

今夜,我定然携风同行,阅过冰川触摸梦里的春意,触摸一袭银白的月色,

然而,静对自然,风缄默无语。此刻,你眉宇之间掩饰不住相逢的狂喜和焦灼,精神不屈的潜行仍然使你触摸着大地的气息。

生命的回轮是路过?是相思?还是约定?而面对遥远的寂静,我期盼是你侧根下一粒撒落的种籽,亘古的化石和溪中的一条小鱼儿。

我期盼切开血脉凝成鲜活的果实，将你高贵而孤独的心供养。

哦，红豆杉，你在岁月变幻中依旧仰视彼岸，你用古老与沧桑熬成一颗赤心虔诚，红豆相思

从秦汉到唐宋，在深谷，在山岚，在村庄，生生不息地摇蛰着生命永恒的栖息。

阅读那片橙黄

果然没有失约,你带着迷人的气息洒向山岗。春,从彼岸的田野掠过,大地的绸缎展开了深远地呼唤。

我笃信,那定然是坚守的翅羽。

三月的油菜花哦,你惊心动魄的和着微雨,撩拨着我心的弦动,风,踩着一寸地平线,将你的光影涂抹在绛红的夕阳里。淌过斑驳的季节,一株油菜花拔节的鲜活,宛若清亮的河水泛着金子般的妖娆,让我心跳。那一夜,连梦都在幸福的泪水里徜徉。

此刻,阅读一片橙黄,我屏住呼吸,不敢拥抱,不敢弯腰沉于采集,只愿用一颗沉静的心,心的沉静与你灵息,对视。

吻着你额上的岁痕,我只想用沉于丹田之气,归于内心,归于灵,归于天与地。

然后,将你那瞥炽热的目光,紧握在我抽穗的生命里。

谁坐在温暖中剪下一抹伤感的紫寂

三千多年一个午夜,风越过雪山,闲云。

她,越过岁月的河流,越过陶潜的田园,安住在雪的世界,诗的国度。

一切都是那么的宁静。那一刻,她把心交给了诗的神灵。

当清婉的阳光斜照在玲珑的草间,于是,她从前世的曲桥缓缓地走来。风俯仰着她蓝色的裙裾,俯仰着唐词宋韵,俯仰着阳光下的那抹紫寂。

一踏进"沈园"就意味着刻骨的缠绵,缠绵的刻骨,刻骨的疼痛。

当柔美的光影浮动着她的秀发, 思念凝定花瓣一样的香,在光的背面幽幽地颤动,梦远在杨柳的堤岸陈铺。

也许,一种渺茫的高远是无法将忧惶的灵魂,轻轻托起,也许,一种远方的越野后一切都在羞赧中回归于,永恒的寂寥与静谧。

当所有的情感喷涌着生命的脉动,梦在哪里,静慈就在哪里,而她若一池水,依然澄澈。

当隔岸的花朵寻去失落的风景。哦,为了那抹紫寂,她小心翼翼地低眸,生怕灼伤了阳光,灼伤了温慰,甚至生怕风弄痛了草间的雨滴。

此刻,暮霭临近。她知晓,惟有拥着一脉静,才能握住彼此相守的心灵。

第五辑：

—— 文友互动 翰墨离骚吟华年

流水高山

（七绝）

知音台上知音讴，

引玉抛砖和友俦。

陶潜子期展韵美，

高山流水竞风流。

三年来敬赠蕙兰于心老师的诗歌汇编

（27首，新韵）

七律·琴鱼诉

——为蕙兰于心老师散文《我是一条琴鱼》而作

一去仙音不复回，空留旧梦与琴台。
秀山无助红鳞恋，清水已遭黑网埋。
愁见炭光石下泪，寄生泥草岁中衰。
谁能拯救浮生物，但见磨牙血口开！

七律·新年致友

——为蕙兰于心老师《七律.游维港》而作

一寄温情暖北幽，碧江清影亮朋眸。
歌城元日迎嘉客，花港新年聚彩舟。
浪漫情怀云水去，激扬诗兴海天收。
青春作伴休愁远，总有良辰待放喉！

七律·秋梦

——读蕙兰于心老师散文《秋日.痴人说梦》有感

幽燕叶落一寒秋,百转关山入九流。

情绕野荒生凤翼,魂归碧海化瀛洲。

脱身羁绊时空远,却世缠绵天地悠。

曾叹我蝶何困惑,梦乡云外谢庄周!

小注:庄子有梦,自己变成蝴蝶。梦醒,却分不清"我"是蝴蝶,还是蝴蝶是"我"。

附:蕙兰于心老师雅和:

白云碧落两悠悠,心湖瑶窗梦绕楼。

几处曲亭临浅水,满山黄叶近深秋。

虫鸣皓月山川静,风动帘钩小院幽。

晨听仙翁夸太极,但闻欢笑不闻愁。

七律·奇石颂

——为蕙兰于心老师散文诗《我是一枚奇石》而作

真火修成若亿年,又经风雨不周山。

沧桑岁月从盘古,梦幻时空至太玄。

浩渺天机纹理内,雄浑气象水云间。

圣光总在明洁处,寻入奇峰拜上仙。

附:蕙兰于心老师雅和:

奇 石

山魂石润状奇观,浩荡江河自涌澜。

千年精魂堪入景,惟有石心韵天然。

第五辑:文友互动 翰墨情缘吟华年

七绝·围棋咏(新韵)

——为蕙兰于心老师《望星子之光,普照生命的棋盘》而作

斗转星移浩渺间,黑旗白阵走烽烟。

阴阳万象多奇幻,参悟乾坤法自然。

七绝·醉秋(新韵)

——为蕙兰于心老师《七绝.醉秋》而作

月光如雪梦无尘,一舞青竹白鹿临。

桂酒兰湖邀远客,醉听天籁卧秋云。

七绝·米酒歌(新韵)

—— 为蕙兰于心老师《秋水酿就的米酒》而作

一亲家酒满庭香,千里临风共举觞。

抚韵兰心歌朗月,秋山望处有湖光。

小注: 蕙兰于心老师的米酒是家乡秋天的湖水酿成,清爽甘醇。

拜谢蕙兰于心老师回赠:

—— 蕙兰再和一首七绝乐一乐聊表谢意。

秋风洒脱一路行,仲达送香踏歌声。

更喜挚友飞来聚,且备米酒助诗情。

七绝·幽谷听曲(新韵)

——为蕙兰于心老师《指尖里相握的灵魂》而作

一曲心波涌月光,清幽婉转入云乡。

柳风随韵霓裳舞,空谷春深锦绣长。

小注:空谷,蕙兰于心老师是一位优秀的散文作家和诗人,她还是《翰墨空谷》文学原创论坛的圈主。

拜谢蕙兰于心老师回赠:

鸿篇一读九回环,山外石门对月开。

美景洞开照空幽,登临一揽唱天籁。

七绝·秋雨思乡 (新韵)

——为蕙兰于心老师散文诗《坐着听着，樱桃红了醉了的声音》而作

绵雨樱桃半树秋，窗前怀远雾桥头。

恍如隔世蓝江外，花巷幽深待梦游。

小注：蕙兰于心老师的老家在南京一个古朴幽深的小巷里。而她目前独身一人在广州工作。她的诗文经常流露出对家乡对孩提时代的思念。

七律·遥祝 (新韵)

——为蕙兰于心老师散文诗《月光，翅膀》而作

一曲云波月里来，梦中花影久徘徊。

沉情桂树熏风远，抚韵兰湖澹水白。

欲采星华织锦绣，且迎天籁入琴怀。

悠悠岁月遥相祝，鸿运嘉期玉凤台。

七绝·菊咏
——为蕙兰于心老师散文诗《菊韵．咏叹调》而作

思临白露冷琴音，梦在青峰月下云。
一叶扁舟寻远渡，三江菊色共秋心。

七绝·赞友
——为蕙兰于心老师《野鸭湖·秋韵》而作

圣灵仙女下瀛洲，千种风情万色秋。
霞帔传音惊远梦，烟波浩渺月光流。

七绝·织女思凡
——为蕙兰于心老师散文诗《田园梦．耕云种月》而作

织女耕云种月光，万年心事话麻桑。
人间热土今犹在，天地情怀一样长。

七绝·白蝴蝶

——为蕙兰于心散文诗《今生只为你而舞》而作

白羽飘灵化雪光，令情萌动柳庭芳。
朵朵晶莹飞入梦，缠绵无尽系柔肠。

七绝·雪莲花

——为蕙兰于心散文诗《踩在冬雪之上》而作

身在空山沐雪光，一轮明月守洁芳。
清风眷恋深幽处，总有灵息待远扬。

七绝·星霞

——为蕙兰于心九行诗《一颗星星的忧伤》而作

一束星华一智光，且将河汉看诗行。
心霞万朵随兰棹，不让阴霾入碧江。

七绝·秋颂

——为蕙兰于心散文诗《白桦,我的心为你而悸动》而作

岭南花雨北幽黄,草木连秋万色扬。
一曲心霞传天籁,两湖明月韵波长。

七律·陶罐雪莲(新韵)

——品读蕙兰于心散文诗《陶之魂》感悟

紫陶沉土两千年,怀抱冰封一雪莲。
当忆剑峰别路苦,或悲刀月去风残?
故亲故友皆缄默,来世来生则惘然。
唯有晶莹情愫在,只求安梦太白巅。

七绝·廊桥听雨(新韵)

——为蕙兰于心老师《七月隔着一巷烟雨的距离呓语》而作

廊桥呓语夜来风,隔岸烟霓隔世灯。

心与青莲牵梦远,涟漪思幻雨铃中。

七绝·清露

——为蕙兰于心老师散文诗

《谁坐在温暖中剪下一抹伤感的紫寂》而作

前世今生未解缘,一滴澄澈伴幽兰。

滟光疏影随心动,温婉情思浩渺间。

七绝·青鸟

——为蕙兰于心老师散文诗《七夕独自去看海》而作

来之归去与风亲,万里衔珠碧海心。
七彩鹊桥天宇处,飞虹一道作行吟。

七绝·听天籁

——为蕙兰于心老师散文诗《虹彩的约定》而作

梅竹松影近东篱,一片秋光弦上移。
月里珠江多锦绣,悠然北水见涟漪。

七绝·中秋致友

——为蕙兰于心老师散文诗《这一碟月光》而作

月光发自玉宫心,万里清辉与我亲。
今日烟霞别样好,送君几朵是秋云。

七绝·月光

——为蕙兰于心老师《虹彩的约定(三)》而作

温婉秋辉谷水长,幽兰伴梦舞霓裳。
灵光渺渺三清露,见有星花万朵芳。

七绝·祥云

——为蕙兰于心老师元旦亲情祝语而作

祥云朵朵岭南来,一片温情化雪白。
捧起晴光滴暖露,寄思幽谷绣春台。

七绝·冬红果

——为蕙兰于心老师散文诗《冬红果》而作

几珠澄澈化冬红,三世佛缘一树中。

浸润阳华真舍利,瑶台云雪抱玲珑。

七绝·雨蝶(新韵)

——为蕙兰于心老师散文诗《竹筒里的雨蝶》而作

丝竹细雨彩裙来,烟渚暗香零落开。

一片温情春水里,轻风淡淡入柔怀。

一生用诗的品质执着地追寻墨香,画意,诗让我感觉自己的存在,而诗心与书画魂之间的光芒,让我找到了世界!!!

——题记

兰亭若好花出叶

——观书"兰亭序"有感

永和九年的风流,不说,逶迤滔滔天下的墨客,不说,千秋造化芳兰茂,不说,万古幽姿君子香。

但说,兰亭之神韵,意境了 1700 年,抖擞了 1700 年,笔秀与风云共生了 1700 年。你字字天然会意,笔笔遒劲,飘逸之雅气便足以令人痴迷。

时光威严,横流沧海,你驭着浑厚飘逸的线条,只用一滴在日月中癫毫便可以"舞"进亘古的洪波,书成天下第一,绣成古今之大美。

逸少宏富,二十"之"字点点轻灵,而汝兰亭之状元若好花出叶,若芝兰起舞,若轻抹翠绿远山,若动波谷之仙气。

哦,谁与墨池共明月?

兰亭之气韵,轻剪晋风千江水,尽态极妍,兰亭之美韵哦,若流水行云,旖旎,舒畅地与斯人静穆述说着自然,生命,春秋;夕经林下饮清泉。

注:这首诗为我的朋友著名书法家:冯印强而作

爱在秋分（组诗）

石桥（一）

校园里有座石桥，没有名气，没有故事，没有传说，但与她早已相知。那是一个秋分，黄昏，风挽住她的胳膊，他带她沿着石桥踱着步，一息花气伴着湖水喷出晚香。抬眼，心与笑语缠绵，整个秋天被爱羞红。

远处的高楼露出一角深红的蓝，小路泛着一线微白，橘黄的路灯温暖着寒秋，那温存的海棠和着星光点亮身后一树衰老的梧桐，瑟瑟的冷秋没有留下半点悲哀，凝神，深秋的美近落在他们脚下。

她说：原先是想逃离繁杂寻一点娴静来，料想此刻，跳动的心不知如何安放？静定，不愿言语的树木，叶子嚓嚓的恍动，仰望天，然后，他们踩着月光行在石桥的背面。

绿蜻蜓（二）

安静的光与秋风暧昧，林散之纪念馆外，透明的深潭漾满一池熟睡的浮萍，时光踩痛了谁的脚踝，我们咯咯的笑语击落一两片迷人的秋叶。

有人说：这里满世界的红蜻蜓，惟绿蜻蜓有高贵的特质，最难瞧见，见者便是福星。

或许，这就是物以稀为贵的魅力。一出语，福气者独具慧眼，在契合的气场中，阳光拢住山后的景物，她的目光寻见一只，淡淡的苹果绿，从头到尾像一根细长的绣花针似的蜻蜓，眼睛一开一合柔软而透亮。

看，这大自然的尤物笑吻着水面的微光，玲珑透明的绿，补足了深秋的苍白。美，给予人类无比丰富的振奋，而他和她的甜全交给了眼前这鲜活的绿。

她在家乡迷路了（三）

约好了时间和地点，她竟然如患痴呆症的老人，在最熟悉的地段，最温暖的小巷，被一种最残忍的方式，将她的视线切割于故乡之外。

人伫立于故土的境地，垂直的杨柳于秋中颤抖。这种痛苦中的喜悦如往日的时光倾向每一角天空，光与色，昭示一个苦难的灵魂失落的家园。欢乐不容她，纵过历史，悲凉的青春在岁月中渺远，黑暗止步，爱在红尘中漂泊。

夜静，此刻，她横见秦淮河畔的暮色被清流敛住，对岸有一星光线被秋风拨动，或许，瘦石一样的记忆会在瞬间抹开，那是怎样的一个期待！然而，迷路终究未被迷失，正是，迷惘和领悟相悖与光明和清晰。

我来,你不在

踩着"青奥"的热烈,向你亲近。

八月,悲凉的季节,泛白的秋风吻红一树秋叶,留下一个深情。

我来,你不在。岁月带走的是一季老去的时光,永恒的宁静而又欲语还休的阵痛把更远的思念拉近。'我在就有故乡'你坚定的话语散着暖气融进我肌肤里萌芽。

徜徉在古城,手指扣住的门环已不再是老屋的门环。站在历史的时空,乌衣巷尚在,燕子寻,已不是昔日王谢的厅堂,亘古的长亭顺着秦淮河畔碎成另一个影像。走时,你给了我一个动人的背影,归来,已然是叶密花深,史前的风雨腐蚀故土的门槛,余韵随处见,然而,你不在。

夜很静,暗暗的一片朦胧,垂黄的麦穗摇曳着秋声,撕碎一切沉寂,唯有透进木窗月的余光,动了我的睡意,清洗我的苦厄。于是,我想象湖岸,镜面与秋梦里的我,终究延长了多少时光?我眼眶里噙着泪,希冀目光潜入水里去恒定一段时限的坐标,不再想情以何堪。

江南,依旧浸在灯火雨中,气韵氤氲,依旧是秋花晚香,依旧在苍劲悲凉中灵秀而飘逸地成长,在诗意的光辉中明性见底。而我,依旧精神流放。

回眸四叶

谁拥有自己的天空,谁就能用冷峻的眼瞳扑捉柔美的光线。

——题记

当回眸成了必然,你的青绿便归于丰盈。

苜蓿草传承了人间的温情,氤氲着永恒的幸运。

抬眼,一只雏燕拧开了天空的见度,穿过荷塘外的柳树,阳光捉住了探出暮霭中的一角绛红,然后,把深沉投进夕阳的皱褶里。

我的心境被斑驳的光影涂成了绿意。

远处,晚霞将天际的柔美烧成无穷的安静与从容。瞬间,丰富的疼痛,但暖心。

此刻,风踮起了猫步,从北到南,一寸寸吻着汾河的唇边。四周,满目的车轴草,茎叶细软浅笑地点亮叶子的轻灵。每一瓣背后都有白与粉色的花朵静静地开着,如孩童与长者的纯真与仁慈镶在夕阳下,和眼前透明的流水澎湃成生动的剪影。

那一刻,时光播下迷人的金线,熠熠生辉的浸染河水之中。两岸,紫气华美。

于是，云欣然驻足，我亦欣然驻足。

回眸，祈望用生命揽住一抹幸福的光线，珍藏于心。

设若，三叶草意味着一份幸运，那么，四叶、五叶、六叶、每一叶都是生命的光芒，设若，回眸是前世的必然，祈盼是定然，那么，回眸四叶草便是定然中的收获与感恩，设若，回眸是灵魂的粹取，那么，生命的激越便是恒久的宁静吗？

GENG YUN BO YUE

耕耘播月

名家名篇

我的自白书

以"真"植入天地之心，五行之秀，用文字供养灵魂。

卯时，风雨大作。一纽石，随日月吞吐，飞行幽谷，久沐清气，久沫儒风，遂成气节，心之澄明，化为蕙草，赋诗为证：

吾本空谷一蕙兰，采菊品茗醉南山。

素琴日吟林泉韵，紫毫夜挥云岫寒。

素称半老徐娘，优雅生，活，浩荡着。含蓄内敛，喜质朴，厌浮华。论道法自然，怀瑾握玉，然驽钝．赧颜曰：一生敬畏文字，耕云播月，以诗取暖，相依为命。心神奔驰，乐揽月入怀，清风出袖，翱翔于文海，神交于天地。不可不咏，涂鸦。诗曰：

我借词融山水外，欲将翰墨淌为诗。

借此抒怀，以明心志。

此生幸得知音（庄子／老子／孔子）叹曰：扫眉，喜静，形于思，笃于实。文，植根于地，方能驾雾腾云，外柔内秀。然貌若无盐。惟风骨气节为灵，为魂，为魄。虽不解风情，然善解人意。此乃一站着写诗，甘愿孤独一生，穷尽一世捡拾文字之人也。

蕙大惭，曰：胸中丘壑，满腹锦绣，然蹉跎岁月，无建树。笑曰：心属穷困潦倒而高洁之文字，揽泉石清气，饮风酌月，吟诗作赋，神游瀚海，心驰翰墨，乐以忘忧，恬淡自处，陶然自得，如是。

跋

邹　刚

对作者而言，文字是经历的集萃，情感的迸发，生命的自白，心灵的烛照，精神的皈依。

——读蕙兰于心散文诗专辑《耕云播月》有感

伴着夏日的荷香，好友蕙兰于心的来鸿翩然而至，知其新作《耕云播月》行将付梓，即兴刻一方闲章遥祝。不久，于心发来书稿，遂得"剧透"之便，有幸先睹为快，如沐春风，如瞻美玉，不胜唏嘘。

自2007年始，从雅虎到新浪，与于心相交六年有余，谈诗论道，共赏风雅。其间，在帝京大雨磅沱之夜与于心、吉祥鸟兄聚于老舍茶馆，互道钦仰，谈论诗文写作心得，求索中国文学发展之路，相见恨晚，全然没有网友会面"见光死"的情形。

比起于心对文字的热情与执着，本人顶多算个票友，每见新作发表，便到她的新浪空间或其主持的"翰墨空谷"文学圈子露露脸，四方拱拱手，打个招呼，顺带评论两句，算作到此一游的凭证。一来二去，经于心提醒，豁然发现，数年积累下来的评论文字比自己正经写的博文还多，无心插柳，却收获了满园春色。

几年博文看下来,于心的作品在网络文学的万花丛中独具一格,如一竹新绿,遇雨萌发,向光生长,不断展现生命的活力。初时读于心作品,便当作"五四"时期的新月派诗人集体穿越,移情弄景,细笔描摹的同时,情感如蔓如藤,飘然而至,绵绵不绝,虽有一丝清新,但情感的流露、意向的迁移都有迹可循,写景状物清风明月、碧海蓝天居多,泪光在春夏秋冬的轮回中停停转转,伴随着《二泉映月》的曲韵,在寂夜的依依春梦中回响。看多了,便忍不住提醒一句,主题要丰富,思路要开阔,要运用通感,全身心拥抱和感悟世界。

　　时光游走到2011年,于心所著《心岸》和主编的《翰墨空谷文萃》联袂而来。此时,于心的心性和文字已迈过"为赋新诗强说愁"的门槛,渐入佳境:在儿时的大院里,记忆不断闪回,袅袅亲情,伴着墨迹渐渐风干成复古的照片;随着心灵的起舞,中西元素开始合璧,自省式的独白追逐着深邃的思考,于月光下听着如水的琴键滑过,一个轻灵的孔雀舞姿投下婆娑的剪影,炊烟中升起了袅袅的云南映象;在渴望的怀里,曼妙想象将目光带离碧海,掠过风沙掩盖的楼兰,停驻在月牙泉边;在醉人的秋意之间,一叶枫红盘旋飞舞,梅酒邀月,对影三人,奏出舒缓的华章。这时的于心,已脱离了现实的藩篱,形式的桎梏,在"翰墨空谷"诸位笔友的护翼下,飞行的思想无边无际,滑向未知的深空。这时,于心的文字,已令人目不暇接,跳越奔跑,渐渐消失在远方的地平线上。

　　于心的脚步并没有停留。北上寻师访友,写生行吟,研磨文字,南下偏远瑶寨,扶危济困,砥砺心灵,在论坛独抒己见的同时,更不忘教书育人的本职,以配乐朗诵的方式宣扬文字之美,生活之乐。风霜雨露,一路行来,心灵茁壮成长,情感喷薄而出,文字开枝散叶,慢慢修剪成型,在自由的天空架起一座精神花园。她的新

作《耕云播月》便是花园墙外的一架木梯，登高观望，里面风月独好，美不胜收：

站在清澈的河岸，风仰望无边的天际，如惊鸿照影，宛若浣纱女子般轻柔的手臂；风像时光的手，暖而寒冷，梦驮着那掬静，游走在泛着暗香的线装书缝间，打开童年的记忆，吹过花蕊，吹过尘土，吹过五月的微香，吹过曾经的过去，翻飞一树玉兰的淡香，从山的那边放来，秋虫顺着月的脉搏低语。

在水的深处，雨落在时光之外，轻轻一笔，水墨轮回渗开，成就了一幅刻骨的作品，风舞芦荻，野鸭渐远，天地一色鸿雁无影；一串相思的红豆尚未成果，香樟依旧，唯有篱笆墙外的小土屋还在风中恬淡，将氤氲的泪水装满衣袖；瑶寨那台古朴的水车在安澜的时空里醒着，岁月的指针，沿着流动的风穿越唐朝，向北转动；夜如花朵渐次打开，又如古老的竹笛从眼里流出一脉，江南的月影，流出一窗，氤氲寒雨和一泓的明澈与凄清；上弦月在星空，碎成闲云流浪，下弦月裁成轻舟，漂泊；月色被时光挪移驮着斑驳，一点点地向外伸展，扩散成不同的象限，最后，宁谧到彻底空明。

那是一个用各种碎石铺满的世界，所有的石子都是一个思念的符号，记录昆虫生长，生命分化，以及宇宙的进程；斑斓褪尽，人间还原于黑与白的世界，双虎对局化险为夷，描摹了人生百态与智慧；丝竹八音，声声入耳，复叠而攒仄，纵横而骆驿，使人横在盘桓的亘古流连；一曲卡农的旋律，从前世的指缝相交共鸣，一直拉响到今生和弦的恋曲，循环复始，生死相依。

景色变幻，好友的心思也不断延伸，倾听天地万物，并赋予其生命，展开灵魂的对话：

你从明月中来，到草木荣枯，你坦然驮着清梦，穿过岁月的重山,对于栖息,迁徙,和生命中存亡的数据,我想,一切你早已洞见;在这个温柔的季节,我和你很近,我们背靠着木椅,宛若岁月蘸着秋水轻轻地摹写,融化成曲,清瘦的平仄终于找到精神的乐坊;你无语,却如水一样将影落在我心上,梦里的温暖还没散尽,我便幻想用柔指捞起一滴,点亮我黑暗里的彷徨;倘若,今夜月挂在屋檐背后的枝头,我愿跟随你的目光,将温柔的果酱涂满整个村庄;感知到你指间上的光芒,感知水域中七彩的波影,我的灵魂仿佛瞬间出窍,飞旋,归隐;一切的动与静,我相信,那是你放出诱人的光芒,永远的流动不息,与天韵汇成一条江河,聚成灵动的波影和飞鸟的声响;想你的时候,采一瓣茶叶含在唇里温柔,让那清清幽幽的香气融在我血浆里恣意行走;想你的时候,我会启窗默守一世春秋,倘若千年之后,你还在梦里蹒跚,在泥土里挣扎,那么,我愿意是一座墓碑,一生一世在泥土里与你相伴。

你是宇宙万物的本源,你是天籁的意象,在最美妙的夜晚,我的生命刹那便玉殒香消;假如飘泊是灵魂的不朽,我愿与你背靠着背,用心倚着玫瑰色的夕阳和一缕炊烟,将一地的名与利统统灰飞烟灭,让东风劲吹,撑一水透明的月光,在蔷薇开花的季节,越过熟悉的景象划向远方;此刻,在风的背后,我的心没有走远,依然为你守着约祈愿,祈愿醒来的生命意识,隔世的桃花竞放那朵辉煌。

站在木梯上,仰望这座精神花园的顶层,那里,斑斓壮阔的景色已化作对生命的哲思和顿悟,奔向心灵的自由:

一个人的七夕,我选择独自去看海。撑着梦一样的风,婀娜着,惬意着,嗅着海的气息,心怀远阔而宁静;一个人的日子,也要优雅的活着,优雅的爱着,优雅的老去,直到有一天从容而优雅地走进墓碑;假如生如夏花,我愿抛开前世和今生的所有,行囊里只

装上一本自制的线装诗集和那串星月菩提,惟有把全部的精神生命慷慨地交给追寻,高贵的灵魂才得以安然;此刻,我怀抱宁静,捧着的不是一粒谷子,而是一个秋天。

与前作相比,《耕云播月》便象是一面屏幕,显示了于心多年来怀着对文学的虔诚,孜孜以求,擅用网络博采众长,吸收养分,求新以进,又坚持清新向上的风格,探索文字的韵律,持旧以守,在继承与发扬之间谱写出属于自己的乐章。

余光中先生曾在《大诗人的条件》一文中,引述英国诗人奥登的观点,为大诗人修成正果开列了五个条件:一是必须多产;二是作品题材和处理手法上必须范围广阔;三是在洞察人生和提炼风格上必须有创造性;四是必须讲究和擅长修辞技巧;五是不同时期的作品要有变化。简而言之,要做到多、广、新、精、变。个人以为,多是基础,广和精是水到渠成,熟能生巧,至于求新和求变,则要在多练的同时,还要多思,善于学习、归纳和总结。于心的新作显示,她已走上了这条盘旋上升的通天大道,前路虽有艰险,只要坚定信心,迈开脚步,成果可期。

与于心相交六年有余,每每品读好友文章,便如春风化雨,端文风,正文骨,振文心。掩卷而卧,一句五言自枕边升起:"网上存知己,博文遇故知"。唯一担心的,就是好友思想和文字的精进,恐怕过不多久,便要仰天长叹"眼前有景道不得,于心题诗在上头"了。

愿这一天早日到来。

2013 年 6 月 8 日

作者:邹刚,诗人,金融高管,资深摄影师,爱好书法、篆刻。

耕云播月

GENG YUN BO YUE

——名家名篇

印　语

邹　　刚

　　近日品好友蕙兰于心诗文,耳目清净,冥坐灵山。鞭炮声响,才知人间又一年。奋激之余,忆起曾答应好友的事,遂一气呵成,急就印章,算是预祝好友今年大作出世的贺礼。

　　印文为好友网名,朱文,参以明清诸家刀法,又以鸟虫篆描绘对好友为人处事的印象,其中意味,需对照好友诗文细品。

　　此印刻完,发觉篆刻技艺又进一步,去匠气更远,离匠心更近。

　　一首五绝,随赠好友:

赠友人

落日西风醉,禅音踏雪来。
不觉新年到,春色满楼台。

箴　言

诗人鹰之

　　诗歌写什么？当然是爱,不过诗人笔下的爱不是简单的一个爱字,而是一个立体化的爱的投影,她氤氲在天籁里,让我们感受到雾霭、流岚、虹霓的飘逸与瑰丽,繁星、朗月的睿智与圣洁;她融化在地籁里,让我们感受到小桥流水的幽雅与恬静之魅,惊涛骇浪的沉雄与绚烂;她弥漫在人籁里,让我们感受到「执子之手,与子偕老」的悠悠深情,让我们感受到「慈母手中线,游子身上衣」切切惦念。从蕙兰于心诗友的散文诗中,我们仿佛听到了天籁悠悠的弦乐,地籁淙淙的泉音,人籁绵绵的喁喁私语,毫无疑问,她虽身在当下,灵魂却早已从物欲横流的当下世界脱身而去,在一个远离雾霾与转基因的世外桃源中徜徉,那就祝愿她,骑着庄子的那只蝴蝶越飞越远……

二〇一四年一月二十九日